晴明の事件帖

将門の首と瀧夜叉姫（たきやしゃひめ）

遠藤 遼

角川春樹事務所

目次

その孫于今に公に仕うまつりて、止む事無くて有り。
その土御門の家も伝はりの所にて有り。
その孫近く成るまで識神の音などは聞きけり。
然れば、晴明なほ只物には非ざりけり、
となむ語り伝へたるとや。

（安倍晴明の子孫は今でも朝廷にお仕えし、重用されている。
その土御門の邸も子孫代々に伝わっている。
その子孫は最近になるまで式神の立てる声などが聞こえたそうだ。
そういうわけで、晴明はやはりただ者ではなかった、
と語り伝えられているのだ。）

——『今昔物語集』

一日、下官の勤公の由を談られて云はく、
「老いて猶ほ強く、勤節の心、深し。
勤公の誠有りと雖も、身の尫は何と為ん。
身、亦、強健と云ふと雖も、勤公の志　無きは何と為ん。
両事、相兼ぬるは、甚だ以て欣感す」てへり。

（先日、藤原道長の子・頼通が、私、藤原実資が勤公だと語られて言うには、
「老いてなお強く、勤節の心は、深い。
勤公の誠があるといっても、身体が弱ければ何としよう。
身体は、また、強健だといっても、勤公の志がなければ何としよう。
両方、ともに兼ね備えているのは、はなはだ喜ばしい」とのことだ。）

――『小右記』

第一章　金色の伽藍

賀茂祭の見物人たちの中に、襤褸を纏った老爺姿の蘆屋道満が消えていく。

道満の手には帝の印璽を押された白紙の巻紙がある。

呪と詐術と闇に長けたこの老陰陽師は、安倍晴明と藤原実資に対して宣言したのだ。

「詔勅により、遥か遠方の地から、この都に呼び戻すのだよ。――西の藤原純友と、東の平将門を」

藤原純友は、藤原一門のなかでもっとも栄えた藤原北家のひとりである。藤原北家は実資も同じであるが、早くに父を失い、大きな後ろ盾もなく、都での出世から見放された。地方官である伊予掾として海賊追捕の宣旨を賜るも、海賊に寝返り、懐柔策として授けられた従五位下の官位は受け取りつつも、瀬戸内海から朝廷に反旗を翻した。

純友の乱に呼応するように東で兵を挙げ、朝廷に弓を引いたのが平将門である。

平将門はその姓が示すように、平安京を開いた桓武帝の皇胤であり、鎮守府将軍・平良将の子だった。下総国や常陸国の平氏一族の抗争が、関東諸国を巻き込む戦いへ発展し、そのなかで将門は「新皇」を自称して朝敵となった。

このふたつの乱は、あわせて「承平・天慶の乱」と呼ばれる。いまから五十年弱まえの朱雀帝の頃のことであり、純友も将門も討ち取られた。

朝廷に恨みを持って討たれたふたりを、道満は甦らせると宣言したのである。

「くそっ。道満、どこへ行った」

「道満どのは逃げ足も天下一品のようだ」

人混みのなか、実資と晴明が道満を探しているうちに、離ればなれになってしまった。

それが悪かった。

ふと、近くの男が実資に笑いかける。

何だろう、と実資が足を止めた。

無視するには奇異な笑みだったのだ。

もっとも奇異だったのは、ぎらつくような瞳。

誰だ。初めて会う若者だと思うが――。

次の瞬間、実資はそのまま身体が動かなくなった。

実資の身体に蜘蛛の糸のようなものが細くからまり、封じる。

晴明を呼んだが、姿が見えない。

その隙と不安と焦燥の一瞬。

実資の腹部に短刀が深く刺しこまれた。

実資は顔を上げた。

男が笑っている。

「どう、して……？」とつぶやいた自分の声が、遠い。

男は無邪気に笑った。

「われは蜘蛛丸（くもまる）。平将門公が子、瀧夜叉（たきやしゃ）姫の家臣なり。われらの恨みの毒で、帝と藤原家はみな死すべし」

実資の身体に再び衝撃が走った。

男が刃（やいば）を乱暴に抜いたのだ。

実資は血を吐き、倒れた。

「実資ッ‼」

晴明が人混みをかき分けながら叫んだ。

「実資ッ‼」

もう一度叫ぶ。

向こうで悲鳴が聞こえた。

そちらに行こうとするが思うように進めない。

そのとき、女童の声が聞こえた。

「主さま、先に見てきます」

晴明が使役する神霊である式のうち、十二天将のひとり、天后が不可視の姿で人混みを越えていく。

何とか晴明がたどり着くと、実資が倒れていた。

そこだけ祭りの喧噪が嘘のように開いている。みな、どうしていいかわからないのか、少し離れたところから見ていた。

実資の腹部を中心に、おびただしい血が流れている。

「しっかり。兄さま、しっかりっ」

と、姿を現した天后がすがりついていた。腹部を布で押さえているが、その布も天后の小さな手も血で赤くなっている。

「実資」

晴明が駆け寄って声をかけると、実資はかすかに目を開けた。

「おう……晴明か……」

「いったい何があったのだ」

「蜘蛛……にやられた……」

「くも?」

実資がかすかに呻(うめ)いた。

「晴明……祭りは止(と)めるな。みんな、楽しみに……」

「わかった」

周りの見物人が、がやがやしている。晴明は印を結び、呪を唱えた。

急急如律令(きゅうきゅうにょりつりょう)――。

晴明を中心に不可視の光が広がる。と、これまで何事かと見守っていた見物人たちが狐(きつね)につままれたような顔をして祭り見物に戻っていく。

晴明は、天后に命じて実資を自らの邸(やしき)へと運ばせた。

陰陽師という者どもがいる。

律令の定めるところによれば、八省のなかで帝を補弼(ほひつ)する中務省(なかつかさしょう)に属する陰陽寮(おんようりょう)の役人たちである。その仕事は、陰陽道(おんみょうどう)という独自の体系をもって天文を読み、暦を作る。季節を定め、農耕を指示し、時の心を読むのだった。

時を読む力は、物事の吉凶を見抜く力につながる。

吉凶を読めれば、凶を捨て吉を選ぶことが可能となる。

それはある種の法則であり、宇宙の理法の一部でもある。

ときに神霊を駆使し、ときに平安の闇に潜むもののけどもを駆逐する。

闇は濃く、ここかしこにある時代である。辻の角に、柱の裏に、簀子の下に、几帳の向こうに闇は澱み、蠢き、人の心を乗っ取ろうと隙をうかがっている。

闇を退けるため、内裏、主として帝とその后たちを護るための霊能集団としての陰陽師が成立する。

安倍晴明と呼ばれる男はそのような陰陽師のひとりだった。

しかし、陰陽師の正統の業を逆転させれば、相手を呪うことも可能になる。吉凶の凶のみの境涯に相手を追い込むのである。

貴族たちは内裏では政を巡って「表の政争」を繰り広げるが、同時にそれぞれの息がかかった陰陽師に命じて政敵を呪詛し、自家の家運を向上させる「裏の政争」を繰り広げていた。

そのような依頼を受けるのは正式な役人としての陰陽師——官人陰陽師ばかりではない。

法師陰陽師という在野の呪術者たちも、そのような依頼を受けていた。

播磨国から出たと言われる蘆屋道満なる男は、いま述べた法師陰陽師だった。

実資が刺されて天后によって晴明邸へ運ばれた頃、都の南端の羅城門に蘆屋道満の姿を見ることができる。

羅城とは城壁の意味である。平安京の「羅城」は城壁というより垣ほどのもので、大陸の都市構造を真似て造営したなごりと言えた。

この頃の羅城門は天元三年の嵐で倒壊し、荒廃していた。

盗人が根城とし、死人が運ばれてくる。

ぬるい風が、死骸の放つ独特の腐敗臭をまき散らしていた。

その羅城門の瓦礫の上に、襤褸姿の道満が立っている。

今日は盗人どもはいない。祭りを見に行っているのか、見物で留守になった邸を狙っているのか、あるいは道満が呪でしばし遠ざけたか……。

遥か彼方から賀茂祭の賑わいが聞こえてくる。

腐臭を含んだ風に総髪をなぶられながら、道満は筋張った手で巻紙を開いた。

「現御神止大八島国所知天皇我大命良麻止詔大命乎――」

老爺にしては張りのよい声が発されると、声と同じ文言が白紙の巻紙に赤黒く浮かび上がってくる。

風が強くなっていった。

「平将門、宣る。勅を奉るに、件の人、宜しく都に来たりて恣に振る舞うべし」

道満を中心にして風が渦を巻き始める。

やがてそれは巨大な竜巻となって天に昇っていく。

「また同じく従五位下伊予掾・藤原純友、宣る。勅を奉るに、件の人、宜しく都に向かいて恣に振る舞うべし――」

巻紙の最後には帝の御璽が押されている。

道満の老いた身体を竜巻がなぶっているが、総髪と髭と襤褸だけが揺れていた。

道満は巻紙から手を放した。

巻紙が竜巻に巻き上げられていく。

上空で竜巻から二筋の赤黒い大蛇のようなものが放たれる。

ひとつは東――平将門が討たれた東国へ。

いまひとつは西――藤原純友が滅びた瀬戸内海へ。

二筋の大蛇の如きものがそれぞれの空へ消えると、竜巻も消失していた。

賀茂祭の賑わいが相変わらず遠くに聞こえる。

どうやら、賀茂大社の神威と見物人の信心がこっそり利用されたことにはほとんど誰も気づいていないようだった。

唯一の懸念だった安倍晴明たちも、来なかった。

道満は自らの呪の仕上がりを見届けると、重々しく頷く。

「まずはこれでよし」

道満はおけらのように瓦礫から飛び降りた。


賀茂祭の最大の見所である女人列の行列と儀式は、滞りなく進んでいった。

実資の意志を受けて、晴明が事件を隠すために呪にて目くらましをかけたからである。

だが、必要な人物には伝えなければいけない。

ひとりは、権中納言・藤原道長。

もうひとりは、為平親王の娘である婉子女王である。

晴明は、十二天将のなかから騰蛇と六合を呼び出し、道長と婉子に実資のことを伝えるように命じた。


道長は、藤原家氏長者にして従一位・摂政・藤原兼家の五男である。

本来ならそもそも兼家の家督を継げるような順位ではないが、花山帝の落飾以降、急激に力をつけてきている。もともと実資は道長に将来性のようなものを見ていた。

単に政治的な意味だけではなく、いくつかの怪事においても道長は因縁浅からぬものがあり、実資や晴明を時に困らせ、時に手伝ってくれていた。

道満とも、道長は過去に関わり合いがある。

牛車に現れた騰蛇から事情を聞いた道長は顔を思いきり歪めた。

「何だって？　実資どのが？」

「はい」と言葉少なに騰蛇が答える。精悍な面立ちに苦悩がにじんでいた。

騰蛇はいつもながらの、平城京の武官のような装束である。

道長は騰蛇の衿を摑んだ。

「神出鬼没のおぬしら式神がいて、何をしていたッ」

「………」

騰蛇は衿を摑まれたまま黙っている。

牛車のなかには他に誰もいない。

道長は沈黙する騰蛇に詰め寄った。

「実資どのはいまの、さらにはこれからの都に必要な方ぞ。もし万が一があってみろ、国中の密教僧を集めて貴様ら式神を調伏してくれるからな⁉」

そう言って道長は乱暴に騰蛇を放した。

騰蛇は衣裳を直し、低い声で告げる。

「主が、持てる力を駆使する」

道長は不機嫌な表情のまま西のほうを見ている。

　螣蛇が一陣のつむじ風となって消えた。

　婉子女王は、かつて花山帝女御として入内して王女御と呼ばれたが、入内してろくに日もたたぬうちに花山帝の落飾に伴って女御という軛から解放され、いまは父の為平親王のもとで起居している。

　縁あって実資や晴明と出会い、時の経つうちに、婉子と実資は互いに心の内で頼みとするようになっていった。

　だが、実資は十五歳年下でもあり、やんごとなき血筋の婉子に対して、藤原家の中心的系統でありながらいまだ頭中将のままで公卿に上がれぬ身を恥じ、どこか煮え切らないところがあった。

　婉子としては二本の小川がひとつの川にまとまる日もやがて来ようと祈る日々を送っていた折の出来事である。

　平城京時代の絶世の美姫の容貌を持つ六合が、婉子の牛車に薫風のように現れた。ともに乗車していた典侍が、婉子を守るように腰を浮かしかけ、息をつく。

「六合さまでしたか」

　典侍も晴明やその式神たちのことを知っていた。だからこそ、六合はこのように出現したのである。

「はい。突然の無礼、お詫び申し上げます」

安堵した様子の典侍に対し、婉子はむしろ顔色をあらためた。

「六合さまがこのようにおいでになるとは、何かございましたか」

「はい――」

六合の声が微妙に低い。その様子で察したのか、婉子は唇を固く引き結んで、

「頭中将さまに何かありましたか」

そばで典侍が驚いている。

六合は、実資が襲撃に遭ったと話した。

外の喧噪が遠のいた。

「何ということでしょう」典侍が動転する。「女王さま、すぐに晴明さまのお邸へ――」

しかし、婉子はきっぱりと言った。

「なりませぬ」

「あなや」

「六合さま。頭中将さまは祭りの進行を気にしていらっしゃったのですね？」

「はい。みなが楽しみにしている祭りなのだから、自分のせいで中断させてはならないと、主に……」

婉子は目を閉じ、何度か頷いた。

「わかりました。私もいましばらく祭りを見物していましょう」

「女王さまっ」と典侍が悲痛な声をあげる。

「いまこの場所は、父はもちろん、他の親王も大勢の貴族も庶民の見物人もたくさんいて、車を動かすこともままなりません」

それもあって六合は、牛車のなかに直接訪問したのだろう。

「それはそうですが」

「そこで無理やりこの牛車を動かせば、みなに迷惑がかかり、祭りを楽しむ気持ちに水を差します。それに私は女王。その私が祭りの途中で牛車を出せば、あらぬ噂(うわさ)を立てられましょう」

婉子が静かな面持ちで語る。

だが、その両手は閉じた衵扇(あこめおうぎ)をきつく握りしめていて、いまにも折ってしまいそうに震えていた。

「……はい」

婉子の様子に典侍がそっと目元を押さえる。

「そういうわけですので、いま私はここを離れられません。晴明さまにくれぐれもよろしくお伝えください」

「承りました」

と六合が頭(こうべ)を垂れた。

「ただし」と婉子がつけ加える。「祭りが終わり次第、すぐに晴明さまのお邸へ向かいます」

六合が顔をあげ、婉子の真剣なまなざしと若々しいふっくらした頰(ほお)を見つめる。

「はい。お待ちしています」

砂の像が地面に溶けるように六合が姿を消した。

婉子は大きく息をついている。

祭りの歓声がまたひときわ大きくなった。

晴明の邸は南に土御門大路(つちみかどおおじ)、西に西洞院(にしのとういん)大路という場所にある。内裏からは丑寅(うしとら)の鬼門の方角だった。

祭りの行列は大内裏の南、朱雀門より出るから、この辺りは今日は静かである。

その邸の母屋(もや)に畳を敷いて、藤原実資が寝かしつけられていた。

顔は血の気を失って土気色になり、鬢(びん)が脂汗にべったりしている。

枕元に晴明が座し、印を結び、呪を唱えていた。

足元には六合がいて、同じように印を結んでいる。

結界であり、治療であり、祈禱（きとう）だった。

晴明のとなりに、女性の姿が現れる。金糸に縁取（ふちど）られた桃色の上衣に白い裳着（もぎ）。帯紐（おびひも）の柄は細かく繊細で、透けるような薄い白色の領巾（ひれ）を肩に羽織っていた。

六合と同じく、飛鳥（あすか）の頃の女性の姿である。

金銀珠玉の飾りをつけた宝髻（ほうけい）を釵子（さいし）でまとめ、眉間（みけん）には緑色の花子（かし）をつけていた。面立ちは整っている。美しい眉、やさしげな温かみを感じさせる頬、まつげに覆われた目はやや切れ長で、伏し目がちにしている。この世ならざる叡智（えいち）を感じさせた。よく通った鼻筋に桜の花のような唇がついている。六合がそうであるように、彼女もまた絶世の美姫と呼ぶにふさわしい姿だった。

六合が桃の花のような可憐（かれん）さをもたたえているとすれば、こちらの女性は神仙めいて神がかったかのよう。六合の髪を黒絹とすれば、こちらは夜闇の如しだった。

「藤原北家小野宮（おののみや）流。参議・藤原斉敏（ただとし）の四男にして正一位（しょういちい）・藤原実頼（さねより）の養子。日記之家（にっきのいえ）の主・藤原実資」

と、まるで歌会で名を呼ぶような声で彼女が言う。

ここに横になっている人物の人となりを確認しているのだ。

藤原北家とは、いまから三百年ほど前に活躍した右大臣・藤原不比等（ふひと）の四人の子供たちによって創設された藤原四家のひとつである。不比等の次男である藤原房前を祖とする。藤原家の嫡流と言っていい。

そのなかでも実資が生まれた小野宮流は、有職故実にすぐれた家柄だった。

朝廷の政は奈良時代の大宝律令以降、その基礎は律令という法にある。

けれども、律令はすべての事象を想定していないし、想定外の出来事が起こるのが政であり、人の世である。

そのときに「このようなときにはこう判断した」「その詳細はこのように運用した」という過去の事例が手がかりになる。それらは貴族の日記の形になって結実している。

実資の小野宮流はこの日記を蓄積し、活用し、朝廷を支えるのを自らの家系の使命と心得ていた。

政治的実権は、そのときどきの事件で揺れる。現に小野宮流創始者である実頼は藤原家氏長者だったが、娘を帝の后として皇子を得て外戚となることができず、実頼の弟・師輔の子孫に嫡流を譲ることになった。

この師輔の流れに道長もいる。

しかし、日記の重さは一朝一夕では作れない。

実資は小野宮流創始者の実頼の養子となることで、彼が蓄積してきた有職故実のすべて、過去の政の運営が記された日記のすべてを相続した。律令に定めがないところについて、過去の事例に基づいて朝廷を運営できる智慧(ちえ)を持っているのである。

道長が「これからの都に必要」と言ったのには、この日記の智慧の重みも勘案されていただろう。

晴明が呪を中断し、印を解いた。

「貴人(きじん)。来てくれましたか」

「うむ。珍しく晴明が全身全霊で妾(わらわ)に呼びかけるから、気になってきてみた」

貴人と呼ばれた彼女は、袖(そで)を口元に当てて小さく微笑(ほほえ)んだ。

安倍晴明の使役する十二天将のひとりにして、その主神である貴人だった。天乙貴人(てんおつきじん)、天一神、天乙とも称される。

六合が印を結んだまま無言で会釈し、貴人も小さく返した。

陰陽師が占(せん)に用いる呪具のひとつに六壬式盤(りくじんしきばん)なるものがある。

もともと六壬式盤は六壬神課(りくじんしんか)という式占の道具だった。天地盤とも称される。天盤と呼ばれる円形部分と地盤と呼ばれる方形部分を組み合わせたもので、天盤が回転し、天文と時を読んでいく。

そのため、六壬式盤には十干(じっかん)十二支やさまざまな数字、北斗七星などが刻まれていた。天地の森羅万象(しんらばんしょう)を抽象化し、過去・現在・未来を行き来しながら吉凶を見出(みいだ)すための装置が六壬式盤なのである。

ゆえに、調伏にも用いる。

この六壬式盤の天盤に十二天将の名が配されていた。

騰蛇、朱雀、六合、勾陳、青龍、貴人、天后、太陰、玄武、太裳、白虎、天空。

このうちの中心的存在である貴人が、いま具現化していた。

貴人は静かに実資を見下ろしている。

「まだ死なせたくないのです」

と晴明が言った。

「妾は十二天将であって、薬師如来十二神将ではない。あちらの十二神将のほうがよかったのではないのか」

十二天将は、ときに十二神将とも言われるが、仏教の薬師如来を護持する十二神将とはまったく別の存在である。

晴明に、「どうせ呼び出すなら薬師如来の十二神将の加護を頼むべきだったのではないか」と問うているのである。

「私は密教僧ではありませんので……」

「そう言って、諸仏諸尊の加護もいただいているのが陰陽師であろう？」

貴人が、花びらが地に落ちるようにふわりと腰を下ろした。

「いかがでしょうか。出血は止まったと思いますが」と晴明。

「晴明と話しながら見ていたところ、この者の天運はいまだ尽きず。否、この者を甦らせることが天帝の御心にもかなっていると考える」

滔々と流れる河のような穏やかさで貴人が、自らの見立てを口にした。

「ありがとうございます」

「妾らはこの国の神とは違う。天帝に仕え、御仏に仕え、天命とその経綸を滞りなく回す者たち。そこに好悪や気まぐれはない」

「はい」

貴人は袖から白くほっそりとした手を左右ともに出すと、両手で三角形を作った。

「釈迦大如来よ。天帝よ、盤古よ、盤牛王よ。天御祖神よ。仏子、天乙貴人、伏してお願い奉ります――」

貴人の頭上に黄金色の光の柱が出現する。

その柱は邸を貫き、三千世界を貫いて、この世の星々の世界を越えていく。

貴人の身体に注ぎ込まれる光と貴人の心が重なり、ひとつとなる。

貴人の両手の三角形から光があふれ出し、実資の身体に放たれた。

光が実資を包み、光が実資の身に染みていく。

光そのものが再生の力となっていくのである。

金色の光がすべて実資の身体に染み渡ると、光が消えて貴人は手を解いた。

「いかがですか」

「なせることは、なした。……されど、血を流しすぎたな」

「………」

「若い男だ。多少血が抜けたくらいがよいのかもしれぬが——少し気になることがある」

「気になること……？」

「いくら晴明や他の十二天将がついていなかったからといって、こうも傷深く刺されるものか？」

「それは私も気になっていました。実資は頭中将。帯刀を許されていますし、それに見合う程度の剣術の心得もあるはず。それなのに、こうも一方的に傷を負わされるのはちょっと考えられません」

貴人が小首を傾（かし）げた。

「頭中将は、何か言っていなかったか？」

実資のことを役職で呼んでいる。

「『くも』にやられた、と」

「『くも』……」その言葉を口のなかで転がし、貴人はゆったりと微笑んだ。「ああ。なるほど。ふふふ」

「何かわかりましたか」

「蜘蛛の巣の術に捕らわれたのだろう」

「蜘蛛の巣の術……不動金縛りのように相手を動けなくさせる術ですか」

「蜘蛛に搦め捕られれば動けぬ。そして、かかる術を予想していなければ、晴明といえど防げまい？」

「お恥ずかしい話にございます」

「仕方あるまい。今回は少々相手が悪かった。道満なら晴明もその手の内がわかるのだろうが、まったく予期していないところから来られたら、感じられまい？」

晴明が小さくため息を漏らした。

「精進が足りませぬな」

呪あるいは呪術とは、見破れるかどうかで対処の仕方が変わってくる。呪の存在に気づくから、それに対抗もできる。もし思い至らなければ、一方的に負け続けることもある。

その結果、大切な友をここまで傷つけてしまったと、晴明は自分を責めているのだろう。

貴人の見立てには極めて重大な内容が含まれているのに、六合が気づいた。

「いまのお言葉ですと、実資さまの傷は、かの蘆屋道満の仕業ではないと聞こえましたが」

貴人が、六合に柔らかな笑みを見せる。

「左様。蘆屋道満ではない。もう少しややこしく、もう少しあっけないものが仕掛けたと思われる」

「いったい何が狙いだったのでしょうか」

「出会ったから刺した、と思われる。頭中将を最初から目指していたのではないのではないか」

「どういう意味でしょうか」

と六合がなおも尋ねると、貴人はしばらく目を閉じて考え、こう言った。

「誰でもよかったのかもしれない。蜘蛛の獲物(えもの)としては。たとえば『多少名のある藤原氏であれば誰でもよかった』のかも」

「では、これは藤原氏を狙っての凶行なのですか」

「何しろ行き当たりばったりすぎよう？　もし道満が逃げていなかったら、頭中将はその蜘蛛のところへは行っていない」

「…………」

六合が黙った。

「何か誘われたような痕跡(こんせき)もないからな」

と言うと、貴人はすらりと立ち上がった。

「ご助力、ありがとうございました」

晴明が頭を下げると、貴人がつけ加える。

「頭中将は、まだしばらく夢うつつの世界をさまようだろう。もののけ、悪鬼どもが身体を乗っ取りに来ようとするかもしれぬ」

「結界は十分に張り巡らしましょう」

「もしまた甦りの力が必要ならば、呼べ。――ああ、眠っている頭中将の世話をする者が来たようだ」

貴人の姿が光を放ち、光が消えたときには姿も消えていた。

邸の門から訪う声が聞こえてくる。


藤原実資は緑の丘をひとり歩いていた。

なぜだかわからない。とにかく歩かねばならないという気持ちに急かされて、歩いていた。

奈良の若草山に似ているな、と思いながら歩く。

空は青い。雲は大きくて白い。

時折、風が頬をなでるが、からりと涼しい。

歩いていくうちに周りの明るさが増していくのが感じられた。

気がつけば、草も木も、宝玉や螺鈿のように変わっている。

実資はそこで不意に思い出した。

そうだ。俺は刺されたのだった。

だが、痛みはない。

狩衣には傷も血もついていない。

おかしい。蜘蛛丸を名乗る男に刺されたはずなのに。

その狩衣も、極上の絹でも出せないような白と金の光沢を放っている。

こんな格好を自分はしていただろうか。

向こうに大きな建物が見える。

大内裏の門かと思ったが、違う。どちらかと言えば寺の伽藍だ。

そばには仏塔もある。

どちらも黄金そのものでできているかのように輝いていた。これまで見たことのないほどの大きさと荘厳さだ。

鳥の鳴き声がした。

聞いたことがない鳴き声で、法会で耳にする尊い経文に似ている。

もしかして、ここは極楽浄土というところなのか。

つまり――。

俺は死んだのか？

晴明の邸にやってきた婉子は、六合に案内され、典侍を伴ってまっすぐに母屋へ進んだ。その表情が硬い。

「女王殿下。わざわざお運びいただき、有り難うございます」

と晴明が頭を下げる。祭りから直行したらしい小袿姿の婉子は、礼を返すと昏々と眠り続ける実資の横に座った。典侍は婉子の少し後ろに座り、青白い顔の実資を見て、「ああ、実資さま」と涙を流している。

穴が開くほどに実資の顔を見つめ、婉子が尋ねた。

「頭中将さまは、どのような状態ですか」

「できる限りを尽くしています。ただ、出血がひどかったため、最後は本人の体力や気力次第に……」

「そんな――」と典侍がまた涙を溢れさせそうになるが、自らの女主人の姿に、涙を堪えていた。

婉子はただじっと実資を見つめている。毅然という言葉がふさわしい。

まだ十七歳にもかかわらず、それほどまでに凛としていられるのはやんごとなき血筋ゆえか、はたまた実資の復活を微塵も疑っていないからなのか……。

「晴明さま」

と視線を実資から動かさずに、婉子が声を発した。

「はい」

「いま私にできることは何ですか」

「女王殿下にできることですか」

「いかなることをすれば、実資さまのお心に届きますか」

晴明は答えた。

「誦することのできる経典はございますか」

「『観音経』なら。あとは長いので経典の最初から最後までとはいかないものもありますが」

「ではその『観音経』を誦してください。実資の復活を心から祈って。もし疲れたら経典を誦するのはひと休みしてもいいでしょう」

「わかりました」

婉子が合掌する。

「女王殿下」と典侍が声をかけた。

「典侍。『観音経』を覚えていなければ、先ほど晴明さまがおっしゃったように、実資さまの復活をただただ祈念してください」

はい、と典侍もまた合掌する。

世尊妙相具　我今重問彼――。

婉子が心を込めて『観音経』を誦し始めた。

『観音経』は、正しくは『観世音菩薩普門品』という。『観音経』という独立した経文があるのではなく、『妙法蓮華経』全二十八品のなかの第二十五品を取り出して『観音経』として読まれていた。

観音菩薩の慈悲を信じ、その名を唱えることで救いが臨むと説く。

いまその観音菩薩の慈悲に、婉子はただただ祈っていた。

実資は巨大な伽藍のなかへ入った。

何だろう、ここは。

建物のなかのはずなのに、外を歩いていたときよりまばゆい。

柱も床も屋根も、すべてが黄金色に輝いているのだ。

奥には巨大な釈迦大如来像が安置されている。

有無を言わさぬ尊さに、一歩近づくごとに胸が震えた。

誰もいない伽藍で、実資は巨大な釈迦大如来像と一対一で向かい合い、拝礼する。

その像は、御仏の教えの美しさ、慈悲の大きさ、智慧のすばらしさ、それらすべてを表しているようだった。

全身は黄金に輝き、瞳(ひとみ)には水晶のような透明で光る石が埋め込まれていた。いったいいかなる仏師がこれほどの仏像を彫り上げられるのだろう。本当に極楽浄土へ来てしまったのか、それとも夢なのか。

そのときだった。

「実資さま」

と呼ぶ声がした。婉子の声である。

「え?」

思わず周りを見ると、背後に小袿姿の婉子がいた。黄金色の衵扇で顔を隠しているが、間違いなく婉子だった。

「ずいぶん捜しましたよ?」

「ああ。申し訳ございません」と実資は頭を掻(か)いた。「祭りの最中、何者かに刺されまして」

すると目の前の婉子がひどく怪訝(けげん)な目つきになった。

「何をおっしゃっているのですか。縁起でもない。今日は私の歌会にお呼びしたのではありませんでしたか」

「あ、そうでした」

実資は伽藍の外側にある渡戸を通って、別棟のほうへ行く。

右に左に曲がった先には内裏の清涼殿のような広い場所があった。

幾人かの歌人がすでに席に着いている。男も女もいる。しかし、不思議なことに知った顔はひとりもいなかった。

実資は歌を詠んだ。

詠んだのだが、詠むそばからどのような歌であったか、忘れてしまう。

今日はどうやら調子がよくないらしい。

けれども、歌会を主催した婉子はとても上機嫌だった。

「さすが頭中将さま。もう一首、お詠みくださいますか」

請われるままに、実資はまた歌を詠んだ。

また歌を忘れた。

そんな繰り返しが数度続いただろうか。

ふらりと婉子がこちらにやってくる。

実資は恐縮し、後ろに下がろうとしたが、六合のような美姫に背を押さえられた。

「逃げるとは女王殿下に申し訳のないことぞ」

美姫がゆっくり声をかけるあいだに、衵扇で顔を隠した婉子がすぐそこにまで来てしまった。

実資が慌ててせめて頭を下げようとすると、婉子がはらりと衵扇を降ろした。

「え」

実資は狼狽えた。

この時代、女性は親族かごく親しい間柄の者にしか素顔を晒さないものとされている。婉子と実資は親族ではないし、ごく親しい間柄——契りを結んだような間柄——とまではいっていない。

実際には、藤原顕光の策略により捕らえられた婉子を救出するときに、彼女の素顔を見てしまっている実資ではあるのだが……。

それより何より、周りには何人もの歌人たちと召人たちがいる。

せめて周りの者たちに目を背けてもらおうと立ち上がりかけて、実資の動きが止まった。

「どうされましたか」

と婉子が問う。実資はなるべくその顔を見ないようにしながら、

「いえ、いままでいた人々が誰もいない……?」

「ふふふ。何をおっしゃっていますか。今日は実資さまの歌をずっと聞かせていただくた

めの会。客人は実資さまおひとりです」

「そんな歌会が」あるものか、と言おうとして、意図せず婉子の顔を見てしまう。「あ。これは――え？」

焦り、恐縮から、疑問へ。

そこに婉子がいる、はずなのだが。

先ほどまでの小袿姿の婉子ではなく、なぜか女童が身につける衵姿になっている。

「どうかしましたか」

声まで女童のように高くなっていた。

「いいえ」

実資は混乱の極みである。本当に目の前の女性は婉子なのか。そう疑問していると、さらに女性の姿が変容していく。

体つきは幼くなり、髪の長さが短くなる。

これではまるっきり女童ではないか。

「実資」と女童が親しげに微笑んだ。「雛遊びをしましょう」

女童が何のためらいもなく実資の手を取る。小さな手だ。これまで垣間見た婉子の手とは明らかに違う。やわらかく、爪も小さく、女童の手でしかない。

左手に大きめのほくろがあった。

だが、妙に大人びた雰囲気である。

「これは異なり異なり」

「何を言っているのですか。疾(と)く疾く」

手を引かれるままに、広間の中央で雛遊びが始まった。

実資の心が夢とも極楽浄土ともつかぬところで彷徨(さまよ)っていた頃、晴明の邸では実資の身体は眠り続けていた。

婉子は毎日のように晴明の邸へやってきては、日の沈むまで『観音経』を誦し続けた。どこかで写経したのか、婉子と典侍のふたりぶん二部の経文を持参している。

日が暮れれば、女王の身であるから父の邸へ戻った。

「もし頭中将さまが目を覚まされましたら、夜中でも構いませんので必ずお知らせください」と毎日言い置く。

父の為平親王の邸ではどうかわからぬが、晴明の邸では涙ひとつ見せず、唇を引き結んでいた。

そんなことがすでに四日続いている。

晴明は実資の寝顔に呼びかけた。

「実資よ。そろそろ戻ってもいいのではないか」

返事はない。ただ、顔色はよくなっているように見えるが……。

五日目の朝、婉子は東寺に祈禱を立てた。

祈禱を終えると、婉子は晴明の邸に向かう。

雨がしとしとと降り始めた。

五月雨の季節である。

「ここへ来るまえに、東寺で薬師如来さまへのご祈禱を立てたのですが」

と婉子が告げる。目の周りにある種の期待の色が浮かんでいた。

「左様でございましたか。道理で強い光が来ると思いました」

「では、頭中将さまは……？」

晴明は小さく首を横に振った。

婉子は唇を嚙みながらも、実資のところへ急いだ。

母屋に、実資が静かに眠っている。

「御覧ください。頰に赤みが差している」

と晴明が、実資の顔を指さした。

「まことに」

「ご祈禱のおかげでしょう」

「……はい」

「実資の髭が伸びています。実資は生きているのです」

「生きている……」

雨の湿り気を含んだ肌寒い風が、中庭から母屋に流れる。

空が光り、雷が鳴った。

婉子と典侍はいつものように両手を合わせ、『観音経』を読誦しはじめる。

そのときだった。

「雷が鳴っても眉ひとつ動かさないとは、女子というのは強い者よな」

何かをおもしろがっているような、独特のしゃがれた老爺の声。

婉子たちの読経が止まり、晴明が静かに中庭へ身を向けた。

「蘆屋道満どの。そちらからお越しいただけましたか」

中庭の松の枝に、襤褸姿の蘆屋道満が座っている。実資の足元に座っていた六合が「不浄の者め」と顔をしかめるが、晴明がなだめた。

「ほっほっほ。おぬしらがあとを追いかけてこないのがつまらなくてな」そう言って道満はふわりと身を浮かせ、簀子の端に腰を下ろす。「雨宿りをさせてもらってもよいかな?」

これまで努めて感情を見せてこなかった婉子が噴き上げるように声を発した。

「蘆屋道満……っ」

「あなたが頭中将さまを、実資さまをこんな目に遭わせたのですかっ」

婉子の眉がつり上がり、目元に透明なものが溜まっている。

道満は婉子に答えず、実資を眺めやる。

「まったく。いつまで寝ているのじゃ、この色男は」

婉子は道満にわずかににじり寄った。

「答えなさいッ」

道満が苦笑する。

「助けてくれ、晴明。おぬし、女王殿下にわしではないと伝えておらぬのか」

「話す機会がありませんでした」

「いや、わざとじゃろ」

「邪推なされますな」

婉子がやや困惑気味になった。

「晴明さま。これは……？」

道満が両手を軽くあげる。

「だから、わしじゃないと言っているのじゃ。晴明、おぬしのところの貴人もそう言っていたじゃろうに」

「ほ？」

婉子の肩から力が抜ける。だが、それは一瞬のことだった。

「けれども、あなたが悪巧みをしなければ実資さまはこうはならなかったはず。あなた、腕自慢の陰陽師なのでしょう？　すぐに実資さまを治しなさいっ」

道満はぼりぼりと自分の胸を掻きながら、

「おお、怖い。女子は怖い怖い」

婉子は道満を睨み続けている。

その気になれば婉子ひとりを呪うことなど道満にはたやすい。けれども、そんなことに怯まず、婉子は道満にその咎を問うているのだった。

道満は困り果てたように、また晴明に話しかけた。

「晴明よ。女王殿下をお止めせよ」

「あなたが大内裏で暴れなければこうならなかったというのは、その通りでしょう」

「やれやれ」と、道満が苦り切った顔をする。だが、不意に邪悪に笑うと、「蜘蛛丸という男を知っているか？」

蜘蛛、という言葉に晴明の目がわずかに細くなる。

「存じ上げませんが、教えていただけますかな」

と檜扇をわずかに開いて口元を隠した。

「誰なのですか」と婉子が晴明に尋ねる。

「恐らく、実資を刺した男の名です」

「あなや」

婉子が息をのみ、道満を食い入るように見つめた。

道満は枯れ枝のような指で耳の穴をほじっている。

「左様。日記之家の主をこのような目に遭わせたのは、蜘蛛丸という男だ」

「道満どの。そやつは何者なのですか」

「さてな」と道満は晴明ににやりと笑ってみせた。「わしとて神仏のように万能ではないからな。さてもさても、日記之家の主どのはいつまで寝ているのか」

「私もあれこれ考えてはいますが、道満どのに妙案はありますかな?」

すると道満は背筋を伸ばして表情をあらためた。

「泰山府君祭(たいざんふくんさい)はどうか」

「泰山府君祭ですか」

婉子が聞きとがめた。「それはどのようなものなのですか?」

「陰陽道にいう泰山府君の神に願いをかけるのです。死にゆく者の運命を大転換させて、寿命を延ばせます」

婉子の顔が輝いた。

「それでしたら、いますぐに――」

　典侍も笑顔になり、婉子と手を取り合う。

「しかし、それには代償が必要なのです」

「代償？」

「泰山府君祭は延命の秘儀ですが、それは死する者の運命と、生きている者の運命を入れ替える儀式なのです」

　典侍が晴明ににじり寄った。

「それでは、実資さまを甦らせるためには」

　晴明が重々しく頷く。

「実資の代わりに死ぬ人物が必要になります」

　雨音が耳にうるさいくらいになった。

　そのときである。

「私の命を差し出しましょう」

　と婉子が決然と申し出た。

「女王殿下、なりませぬ」と典侍が止める。

　けれども、婉子は典侍にむしろ微笑みさえ浮かべて言った。

「いいえ。これまで私は幾度となく実資さまや晴明さまに助けていただきました。その命をお返しするだけです」

すよ」

「しかし」

「典侍。誰かのために命を投げ出せるということは、私にとってとても幸せなことなので
典侍が涙をこぼす。しかし、婉子は晴れ晴れとしていた。

「私の命を捧げます。さあ、その泰山府君祭を早く執り行ってください」

道満は口を思い切りへの字にして婉子を見つめる。

とうとう大きくため息を吐いた。

「はあ……。冗談じゃよ」

「はい？」婉子が眉をひそめる。「何とおっしゃいましたか」

「だからぁ。冗談じゃと言ったのじゃよ」

「…………っ」

婉子が目をつり上げて真っ赤になっている。

「だって、こやつ生きてるじゃろ？　泰山府君祭なぞ効かぬよ」

婉子の頰が強く痙攣する。

「あなたは……ッ」

「そんな怖い顔をするでない。わしはただ『泰山府君祭』と言っただけじゃ」

婉子はそっぽを向き、典侍が困った顔をした。

「これは道満どのが悪いですよ」と晴明が告げる。

雨は音もなく降っていた。

しばらくして道満は頭を掻いてからため息交じりに教えた。

「室生寺で祈禱をあげてこい」

「え？」

婉子が聞き返した。

室生寺はいまから一二〇〇年ほど前に創建された奈良の寺である。修験道の役小角（役行者）が草創し、弘法大師・空海が再興したとする伝えもあった。平安期においては興福寺別院としての性格が強く、山林修行と諸宗派教学の研鑽道場としても知られている。

「今日は日がいい。室生寺での祈禱が吉と出ている。行ってこい」

婉子が疑わしげな目をし、晴明を見た。

晴明は音を立てて檜扇を閉じ、目をかすかに宙に向ける。

「……道満どのの言うとおり、今日これから室生寺に参り、祈禱をするのは、吉です」

「信じてよろしいのでしょうか」

「いま、占を立てましたから」

道満が大仰に嘆いた。

「あーあ。わしの言うことでは信じてもらえぬのかのう」

「ああ、それから貴船神社での願かけ、特に丑の刻参りは大凶ぞ。決してするなよ？」

「当たり前です」

道満がじっと婉子を見据える。

婉子の動きが止まった。無言で晴明を見た。

貴船神社は、貴船山と鞍馬山に挟まれた土地にある。そばを流れる貴船川は鴨川の源流のひとつだとされている。ゆえに主祭神は水の神でもある高龗神が祀られている。縁結びの神社としても知られていた。

丑の年の丑の月の丑の日の丑の刻に貴船明神が現れたとの伝承があり、願かけの秘術として丑の刻参りが有名だった。後年になると呪詛の儀式として丑の刻参りが注目されるが、この頃は心願成就の作法としてのみの意味だった。

婉子の無言の問いを受けて、晴明がやんわりと微笑んだ。

「おやめになったほうがいいでしょうね。こう見えて道満どのは、女子供には親切ですから」

「お、晴明、たまにはいいこと言ってくれるな。——しかし、『こう見えて』というのは気に食わぬが」

「晴明さまがそうおっしゃるなら、信じます」

と婉子は冷たく言い残すと、典侍とともに晴明に礼をして出ていった。室生寺へむかうのだろう。

六合が婉子たちを見送りに出ると、代わりに騰蛇が晴明の横に出現した。道満に備えているのだ。

「さて。道満どの」と晴明が髭のない顎をつるりとなでる。

「何じゃい」

「女王殿下が室生寺にいまから出るのは吉、とは、われわれについても言えることですね？」

道満が莞爾と笑った。

「かかか。さすがよ、晴明。やはり遊びはこうでなくてはな」

「女王殿下の前では話しにくいことがあるのですね？」

「あれ以上睨まれるのは嫌じゃからな」

晴明はいつもの柱にもたれる。

「印璽を押した白地の巻物はもう使ったのですか」

「うむ。おぬしらをまいたあと、すぐに使った」そう言って道満は、少しも動かない実資の寝顔に振り向く。「おぬしらが追ってこないので拍子抜けしていたが、こんなことになっているとはな」

声に、苦い感情がごくわずかに含まれていた。

「巻物を使ったと言うことは、平将門どのと藤原純友どのを甦らせたのですか」

「ああ。ぼちぼち動き始めるじゃろうよ」

道満は立ち上がると懐から小さな丸薬を取り出し、実資の口のなかに放り込む。腰に下げていたひょうたんの口を開けて、なかの水を口に流し込み、丸薬を飲ませた。

十数える間もなく、実資の顔色がどす黒くなり、激しく咳き込んだ。

咳とともに実資の喉の奥から小さな蛇が出てくる。

急急如律令、と道満が印を結ぶと、その蛇は黒い煙となって消えていった。

「いまのは？」

「さっき話した蜘蛛丸とかいう輩の刃に込められていた呪いよ。さしものおぬしも、誰かわからぬ相手では、呪を抜き去ることはできなんだか」

「助かりました。……このように呪を見抜けると言うことは、その蜘蛛丸という男のことで女王殿下に聞かせたくない話があるのですね？」

質問ではなく確認である。

道満は楽しげに笑った。

「さすがさすが。藤原顕光とかいうばかに我慢していたぶん、おぬしと話すと楽しくて仕方がない」

「あまり楽しみにされても困るのですが」

晴明の皮肉を無視して、道満が重大なことを口走った。

「蜘蛛丸は、ある女に仕えている」

「ほう？」

「女の名は瀧姫（たき）。あることがあってからは、瀧夜叉姫を名乗っておる」

「瀧夜叉姫……」

道満は淀（よど）んだ笑みを見せる。

「父親の名は、平将門という」

晴明と騰蛇はともに目を細くした。

「将門どのの娘……」

「将門が討たれたのは四十八年ほどまえのこと。仮に生まれたばかりの娘だったとしても五十歳くらいか……？」

ところが道満は首を横に振った。

「いいや。若い娘さ」

「どういうことでしょう」と、さすがに晴明が首をひねる。

「知らんよ。妖術（ようじゅつ）でも使うのではないか」

「そういうことにしておきましょうか」

一瞬だけ道満が嫌そうな顔をしたが、続けた。

「将門を死に追いやった都を憎み、そこで政をとっている藤原氏を憎んでいるだろうな」

「それで、その部下である蜘蛛丸が実資を？」

道満が頷き、立ち上がった。

「日記之家のこと、あとはおぬしが何とかしてやれ」

腰や膝を伸ばしている。

「将門どのたちを、どうなさるおつもりですか」

「どうしようかなぁ」と半ば本気のように道満が考えている。「ま、わしと同じよ。多少は眠気覚ましの時間が必要じゃろうて」

雨が小降りになってきた。

「あとひとつ」

「ふむ？」

晴明は閉じたままの檜扇を顎のそばに当てる。

「貴船神社を避けさせたのは、なぜですか」

「大凶だと言ったじゃろ？」

「それだけにしては、真剣そうでしたが」

道満はにやりとした。

「さすがじゃな」

道満、楽しげである。

「理由が、別にあるのですね？」

道満が風になぶられる総髪をなでつける。

「将門の娘、貴船神社の丑の刻参りで御百度を踏んで、何者かに取り憑かれたのよ」

それだけ言い残すと、道満は去っていった。

第二章　五月と婉子

室生寺の境内は石楠花で有名である。

けれども、賀茂祭が終わり、五月雨の季節になって、花はほとんど散っている。

雨は上がってくれたものの、うっそうとした山中はむせかえるほどの湿気だった。

変わった形の岩や洞穴が多い土地で、龍神のすみかとして恐れられていた。

「すごい場所ですね」

典侍が驚嘆とも疲労ともつかぬ声をあげている。

典侍も婉子も、壺装束と呼ばれる外出時の女房の格好をしていた。

広袖で丈の長い袿の裾を引き上げた姿が壺のように見えるために、そう称される。

婉子たちはさらに市女笠をかぶり、その縁に虫の垂絹という薄い麻布を巡らせて垂らしていた。

家人に引かせた馬に揺られるため、狩袴を身につけていた。

「こういう人里離れたところで心を磨くのが仏道修行の基本だそうですから。……あら？」

実資を救いたい一心で室生の地にまで乗り込んできた婉子は、そこであまりにも意外な光景に出くわした。

境内地のそばの岩から岩へ、女童(めのわらわ)が飛び回っている。

「こんなところで……。遊んでいるみたいですね」

衵(あこめ)姿の女童は笑顔だった。

「男の人なら天狗(てんぐ)と思うところですが、女童の天狗というのはいるのかしら」

「さあ……」

婉子たちが首を傾(かし)げていると、女童のほうがふたりに気づいた。

「あはは。遊ぼ？」

岩からとんとんと降りてくると、そのまま小走りに婉子のところへやってきた。

そのまま婉子の身体(からだ)に抱きつく。少女らしい甘い匂(にお)いと汗の匂いがした。

「えっと。あなたは……」

「五月(さつき)」と女童が答えた。近くで見るとどこか大人びた目つきをしている。

「そう。五月というの」

典侍が袖を引いた。

「殿下、危険だと思います。五月雨の季節に五月なんて、できすぎですよ。狐(きつね)か狸(たぬき)か、何かこう、人を騙(だま)すもののけではないのですか」

するとその声が聞こえたのか、五月と名乗った女童が口を尖(とが)らせた。

「五月、騙さないよ？」

そう言って五月は婉子の手につかまった。左手に目立つほくろがあった。

「あなた、どこから来たの」

と婉子が問うと五月は首を傾げる。

「迷子なの？」と典侍が聞くが、五月は婉子の後ろに隠れてしまった。「殿下。私、嫌われてしまったみたいです」

「大丈夫ですよ。とはいうものの、いくら境内地とはいえここでこの子とお別れするのも忍びない」

そういうことで婉子はしばらく五月と行動を共にすることにした。

室生寺で、藤原実資の快復を祈って祈禱を立てる。

室生寺の本尊・如意輪観音は心のなかの願い事をことごとくかなえてくれる観音菩薩だった。婉子はひたすらに祈った。

蘆屋道満なる老獪な陰陽師がどういう理由でこの室生寺を勧めたかはわかりかねる。しかし、安倍晴明もそれに賛成していたのだから、何かあるのだろう。

さまざまな宗派の僧侶の研鑽場所と言うだけあって、身内が引き締まるような心持ちがする。

そのような仏道修行の道場で祈っていると、自分自身の心も研ぎ澄まされて、遠くまで祈りが伝わるような心持ちがするから不思議である。

儀式は滞りなく終わったのだが、五月について寺で知っている者が誰もいないのだ。

「五月。あなたはどこから来たの？」

と婉子が尋ねても、五月は「わかんない」と繰り返すばかり。

「この辺りの子なの？」

「この辺りではない」

では都の子なのだろうか……。

このまま寺に預けておくべきだろうという考えが浮かんだが、「この室生寺参りは吉」

という晴明の言葉が思い出された。

参詣が吉ならばここでの出会いも吉だろう。

如意輪観音のお導きかもしれない。

それに、年端も行かぬ女童をここに置き去りにしていくのは、やはり心苦しい。

都へ戻って安倍晴明か、しかるべき役人に相談すれば、きっと五月を親のもとへ戻せるに違いない。

そう思って婉子は都へ五月を連れて帰った。

変事は、婉子が父である為平親王の邸に戻った日の夜に起こったのである。

室生寺までは遠かった。祈禱はすばらしかったが、晴明邸の実資は目を覚ましていないと聞き、疲れがどっと出た。

五月は、寝殿造(しんでんづくり)の大きな邸が珍しいのか、目を丸くして婉子の間の隅で小さくなっている。

食事もそこそこに、婉子は寝所に身を横たえた。五月も一緒である。

月のない夜だった。

しばらく風と雨の音が格子をたたいているようだったが、すぐに眠ってしまった。

どのくらい寝ただろうか。

格子から光が漏れる様子もないから、まだ夜中か。

疲れすぎて途中で起きてしまったらしい。

隣では、五月が小さな寝息を立てている。

かわいらしい。

いつの日かこのような子を授かりたい、と思い、なぜか頰(ほお)が熱くなった。

もう一度寝よう、と婉子が目を閉じたときだった。

明らかに風ではない何かの音が格子からして、婉子は身を起こした。

爪(つめ)か何かでひっかくような音だ。

ぞわりとうなじの辺りが総毛立った。震えが全身に広がる。

心のなかで「南無釈迦大如来。南無阿弥陀仏」と繰り返す。

音は少しずつ大きくなった。

「何者ですか」

婉子が震える声で尋ねる。

格子の音がやんだ。

婉子がほっとひと息ついた瞬間だった。

突然、巨大な音がした。

「きゃああ」

思わず悲鳴を上げる。

格子が何者かによって破られたのだ。

何者かの気配が邸に入り込む。

だが、真っ暗で何も見えない——。

そのとき、美しい声が響いた。

「急急如律令っ」

格子から入り込んだ何者かが、その声に飛び退く。

婉子の横で灯りがともされた。

「真っ暗ではご不安でしょう」

と凛(りん)とした立ち姿の人物が言う。白く整った顔立ちと天平(てんぴょう)の頃(ころ)の男の武官の装束。晴明が使役する十二天将のひとり、男装の麗人の姿をとった太裳(たいじょう)だった。

「あ、ありがとうございます」

灯りの向こう、何者かと対峙(たいじ)しているのは飛鳥(あすか)の装束の美姫・六合(りくごう)である。

「主命により女王殿下をお護(まも)りする。さあ、痴(し)れ者(もの)よ、この六合を破れるか!?」

太裳がもうひとつ灯りを作り、突き出すようにする。灯りに侵入者が照らされた。

盗人(ぬすっと)のような姿をしている男だ。右手の刀が灯りに光る。

「ひっ」と思わず婉子が息をのみ、後ずさりした。

男の顔には二本の長い角が生えた鬼の面があったのだ。

「刀を持っているなら私が相手をしよう」と太裳が前に出る。「六合、殿下を」

「はい」と六合が身を翻し、代わりに太裳が剣を突き立てた。

「貴様らに用はない。どけ」

と鬼気を纏(まと)った男が、がなる。

「用がないのはおぬしのほうだ。死にたくなければ退散せよ」

太裳が剣を振りかぶった。

男が妙な動きを見せた。

太裳の剣に向けて自ら踏み込んできたのだ。

「何と」

男の身体を、太裳の剣が刺し貫いたかに見えた。

しかし、その瞬間、男の身体は黒い煙のようになって太裳の剣から逃れた。

「かかか。よく覚えておけ。我の名は夜叉丸。瀧夜叉姫の家臣なり」

男は太裳の背後に出現すると、彼女の背中に斬りつけようとする。

そこへ六合が鋭い蹴りを放つ。男は六合の蹴りを食らって格子の向こう、中庭に転がり落ちる。

「助かった。六合」

「どういうあやしのものかわからないけど、攻撃してくるときにはこちらの打撃を避けられないようね。――けどッ」と六合が呪符を放つ。「人間ではなくあやしのものならば、この六合の呪の前に屈服させてくれるッ」

男の頭、両腕、両膝に呪符が張り付く。

「あなや。動けぬ」

「闇へ戻れ。――急急如律令ッ」

気合いとともに六合が右手の平を突き出した。

不可視の光があやしのものを撃退する、はずだった。

「しぇあああ」

男は奇怪な声とともに自らの右脚を斬り捨てた。血が噴き出すが、そのまま男は強引に身体を後ろにそらせ、逃げる。

「何という」と六合が嫌悪の表情を見せた。

「かかか。わが同胞、蜘蛛丸によって藤原実資は討ち取った。ひとりだけではかわいそうだろうと女王を黄泉の国に送り届けてやろうとしたが、今日は分が悪いようだ」

「逃がさぬ」

と太裳が男の左脚を斬りつける。あっけなく斬れた。だが、男は両脚を失っても意に介す様子もなく、両手で身体を支え、さらには飛び上がって中庭の木の枝を摑み、邸の外へ逃げていった。

「あやつ……まるで死人のようだ」

六合が眉をひそめる。その目の前で、残された男の両脚が黒い煙となって消えていった。

翌日、婉子と典侍は晴明の邸を訪れた。

昨夜の怪事について話すためである。

邸の母屋では実資が相変わらず寝かしつけられている。足元ではいまは天后が小さな手を合わせて祈り、結界を護っていた。

晴明はいつもの柱に寄りかかって、婉子たちを迎える。

また今日もひと雨来そうな曇り空だった。

「昨夜は大変でしたね」

「六合と太裳のおかげで助かりました。ありがとうございます」

「私が少し邸を出る用事があったので、万一に備えてふたりを差し向けておいたのですが、よかった」

晴明は檜扇を軽く開いて口元を隠した。肩が少し上下する。

「あのぉ。お疲れですか」と典侍が尋ねてきた。

「おやおや」

「いま、小さくあくびをされたのかな、と思いまして」

晴明が苦笑する。

「バレましたか」

婉子が目を丸くする。

「まあ。そのようにお疲れとも知らず、申し訳ございません。またあらためましょうか」

晴明は檜扇を閉じて笑う。

「それには及びません。実は貴船神社に行っていまして、先ほど戻ったところだったのです」

「それはそれは」婉子があることを思い出した。「貴船神社と言えば、先日、あの蘆屋道満が行くなといっていたところですよね？」

そうです、と晴明が頷（うなず）く。六合が白湯（さゆ）を持ってきた。

晴明が白湯を啜（すす）ったときだった。

「う……うう……」

眠ったままの実資が呻（うめ）き声を上げた。

「実資さま⁉」と婉子が呼びかける。

そのあいだに晴明は立ち上がって実資の枕元（まくらもと）へ寄り、口元に耳を寄せた。

実資はひどく汗をかいている。

少し顔を離すと、晴明が「実資。実資」と名を呼んだ。

「うう……」

実資の身体が真っ赤になり、汗が滝のように流れている。実資の足元にいた天后が目を開け、晴明に尋ねた。

「主（あるじ）さま。実資さまを強引に呼び戻しますか」

「呼び戻せそうな状態か」

「もう目覚めることができるくらいには、身体も快復していると思います」

「ふむ」

「念のため、おばあさまにも聞いてみましたが、大丈夫だろう、と」

婉子と典侍が顔を見合って首を傾げている。

晴明は苦笑した。「そうか。太陰のお墨付きもあるのなら」

天后が「おばあさま」と呼び、晴明が「太陰」と呼んだのは、十二天将の式のひとりである。仏教における本地仏は聖観音菩薩だとされるが、晴明のところに現れるときは主として老婆の姿を取るため、天后からは「おばあさま」と呼ばれていた。

学問・芸術などの知恵に優れた存在であるが、日記之家の主である実資とは学識のところで通じるものでもあったのかもしれない。

知恵深い太陰が実資の快復具合について意見してくれるのは、ありがたかった。

晴明は呼吸を整え、辺りの空気を震わせるほどの柏手を七回打った。

「藤原実資。戻ってきなさい。藤原実資。戻りなさい」

晴明が声を張る。

さらに柏手を五回。

実資が不意に目を開いた。

「燃える！　みんな燃えてしまう！」そう叫んで実資が飛び起きる。「……あれ？　ここはどこだ？」

婉子の目に涙がふくらんでいく。典侍は伏してもう泣き出していた。

晴明が実資に笑いかけた。

「悪い夢を見ていたのか」

「晴明……それに女王殿下も。俺は一体……」

とうとう婉子の目から涙がこぼれた。

「実資さま……っ」

衵扇を投げ捨てると、婉子は実資に抱きついた。

「じょ、女王殿下⁉」

「いましばらく、このままで……」

婉子の泣き声を聞きながら、事情がまったくわからない実資が晴明に視線を向ける。

晴明はわざと中庭へ顔を向け、見ない振りを決め込んだ。

婉子は泣きやむと同時に我に返り、赤面した。

「ああ……わたくし、何てことを……」

と衵扇で深く深く顔を隠して後ずさりする。

実資は、年上らしくわざと冷静ぶって見せた。

「みなさまにはご迷惑をおかけしました。いままでありがとう」

謝罪と礼が混ざり合った奇妙な挨拶をする実資。

六合が重湯を用意してくれた。

「ゆっくり食べろ」と晴明が匙を持たせてやる。

息を吹きかけて冷まし、実資は重湯を小さく啜った。

不思議に笑みがこみ上げてくる。「ああ……生き返るようだ」

重湯をゆっくり食べる実資に、晴明がこれまでどのようなことがあったのかを大まかに話した。蜘蛛丸なる男に刺されたあと、この邸でずっと眠り続けていたこと。婉子が祭りのあとそのままやってきて、『観音経』を誦していたこと。同じく婉子が東寺で薬師如来に祈禱をしてきたことや室生寺に行ってきたことなどを話した。

そのなかで、「道満が当初の目的を達したらしい」と晴明が告げたときには、実資は悔しげな、あるいは苦しげな気持ちに顔が歪んだものだ。

「いろいろなことがあったのだな」と実資が自分の頰に触れ、髭が伸びていることに気づいていまさら恥ずかしくなった。

「ああ。まだ話していないこともある」昨夜のことがそうなのだが、そのまえに晴明は実資の話を促した。「先ほどはひどくうなされていたし、『みんな燃えてしまう』とも言っていたが、何かそのような夢を見ていたのか」

すると実資は額を押さえるようにした。

「ずいぶん長い夢を見ていたようにも、あっという間だったようにも思う」

実資は祭りで倒れてからのことを話し始めた。

若草山のようなところをずっと歩き、いつの間にか周りの木々も草も宝玉などでできているような場所に入り込んだことに始まり、黄金の伽藍、そこで婉子に連れられて歌会に参加したことを話すと、晴明が興味深げにした。

「ふむ。そのまま伽藍にいつづけて御仏を拝む毎日になっていたら、本当に極楽浄土へ行ってしまっていたかもしれんな」

「怖いことを言わないでくれ」

「別に怖くはないだろう。人は誰しも死ぬ。死んだときに地獄に行くよりは極楽浄土のほうがよいというものさ」

「そうではあるのだが……」

「歌会に誘われた、というのは、きっと女王殿下の読経が通じたのですね」と典侍がうれしそうにしている。

「私もそう思う」と晴明も同意したが、肝心の婉子は「はあ……」と言うだけだった。

さらに実資の話が進み、婉子だと思っていた人物が急に女童になり、雛遊びを始めたと話すと天后が目を丸くした。

「兄さま。私以外にそのような女童を」

「何を言っているのだ」と言った実資が、ふと気になって天后に質問した。「天后。左手の甲を見せてくれ」

「はい」と天后が左手の甲を見せる。白くきめ細かな肌の手だ。

「ありがとう」

「何ですか、いまのは」

「いや。夢の中に出てきた女童は左手の甲にほくろがあったものでな」

「よく覚えておいでで」

「不思議に印象的だったから……痛っ。天后、つねるなっ」

その女童とほとんどずっと遊んでいたように思うが、ときどき変化もあった。

「二度くらい、突然、黄金の仏像の姿が見えてきたことがあった」

一度目は薬師如来、二度目は観音菩薩だったという。

「それはきっと女王殿下のご祈禱が伝わったのではないでしょうか」と典侍。「殿下もそう思われますよね？」

「……そうかもしれません」

婉子、まだ小さくなっている。

「御仏や観音が現れたときには、何か身体が軽くなるとかそういう変化はあったのか」

と晴明が尋ねてきたが、実資は頭を掻いた。

「いや、こうして話している間にもどんどん忘れていっているのだが……。あ、そうだ」

「どうした？」

「例の女童がな、そういうときはぱたりと遊ぶのをやめて、熱心に、それはそれは熱心に如来や菩薩を拝むんだよ」

「ほう。ずいぶん信心深い女童だな」

「思い出した。住むなら寺がいいと言ったり、『観音経』について教えてくれとか、地蔵菩薩の本願について説明してくれとか言ったりしていたな」

これには実資以外のその場の全員が驚きの表情を浮かべた。

先ほどまで小さくなっていた婉子が元に戻ったくらいである。

『観音経』については先に述べた。

地蔵菩薩は、釈尊入滅から弥勒菩薩が仏となって現れるまで、仏なき世にあって衆生の救済を釈尊から委ねられた存在であるとされる。

大抵において剃髪した僧形で表現された。僧形のため装身具は身につけないことが多いが、例外的に瓔珞を首にさげもする。左手に如意宝珠を持ち、右手に錫杖を持つ像が一般的に知られている。

密教では胎蔵界曼荼羅地蔵院の主尊とされ、髪を結い上げて装身具を身に着けたいわゆる菩薩形に表されてもいた。この場合、右手は右胸の前で日輪を持ち、左手は左腰に当てて幢幡を乗せた蓮華を持つ。

その本願については『地蔵菩薩本願経』に説かれている。すなわち、善男善女のための二十八種利益、天龍鬼神のための七種利益である。これらは現世利益も含まれるが、悟りと菩提心を進める利益が多く説かれていた。

賽の河原で鬼にいじめられる子供たちを護る存在としての地蔵菩薩信仰は、この時代にはまだ流布されていない。

むしろ、地獄に堕ちた人々を救う存在としての地蔵菩薩への信仰であり、六道世界を経巡りながら、衆生の苦しみを引き受ける代受苦の菩薩としての信仰が主流であった。地獄ということでさらに言えば、死後の裁きを下す閻魔大王も、その本体たる本地は地蔵菩薩であるとされている。

そのように地獄界からの救済者として地蔵菩薩は絶大な信仰を集めていたが、細かな経典の内容まで踏み込もうとすれば、女童にはまだまだ難しいはずである。

あの女童は、いったいどのような存在であったのか……。

「それは、とても菩提心の強い女童ですね」

「ええ。俺にはとても答えきれませんでしたけどね」

女童がとても残念そうにしていたのを思い出した。

「ここまでの話だと、別にうなされるようなものはなかったようだが」

「そうなんだ。それが、突然、本当に突然、場所が変わって、大内裏の朱雀門あたりをその女童と歩いていたのだが」

都の西と東、両方から火の手が上がり始めた。

火は瞬く間に都の建物をのみ込んでいく。

それなのになぜか逃げる人々は少なく、実資は声をからして都中を走り回り――。

「そうしたら目が覚めたのだ」

晴明が腕を組んだ。「なるほどな……」

「ときに兄さま。その女童、名は何と？」

天后がにじり寄って問い詰める。

「そんなに近くに寄るな。夢のなかの女童みたいではないか」

「名は？」

「名か。……そういえば何と言ったかな。まさしく忘れてしまった」

「なるほど。女童には冷たいのですね」

天后、なぜか拗ねる。

「どうしてそうなるのだ。――あ」

と実資が言葉を失った。

「どうした」

「先ほどの都の火事をもたらした者の名を思い出した」

「ほう？」

実資が言った。「瀧夜叉姫。そう言っていた」

「瀧夜叉姫か」

晴明が不敵な笑みを浮かべる。婉子はまた表情が暗くなった。

「どこかで聞き覚えがあるように思うのだが」

「それはそうだろう」と晴明が髭のない顎をなでる。「おぬしを刺した蜘蛛丸。その主の名だからな」

「――そうだったな。まだ俺はどこか調子がよくないようだ」

「一時的な混乱だろう」と晴明が檜扇を取り出し、小さくいじる。「その瀧夜叉姫だが、おぬしを刺した蜘蛛丸以外にも家臣がいるようだ」

「そうなのか」

「名は夜叉丸。昨夜、女王殿下を襲いに行った男だ」

「何だって」

と実資が険しい表情になった。

婉子が頷く。

「ちょうど実資さまが目を覚まされる直前に話していたところです」

「お怪我などはないのですね」

「はい。六合と太裳のおかげで事なきを得ました」

「そうですか。よかった」

晴明が檜扇を小さく開いた。

「そして今回の件に――実資の負傷や昨夜の女王殿下を襲った怪事に、深く関わりがあるかもしれない場所に、昨夜私は行っていた」

「深く関わる場所……？」

晴明は静かに語り出した。

貴船神社は都の遥か北方にある。

さらに北には鞍馬寺があるが、これは東寺を造営していた藤原伊勢人の夢に貴船神社の神を名乗る者が現れ、寺の建立を託宣したことに由来する。

さらにここから分け御霊のように広がり、多くの貴船神社がある。

晴明が気になったのは「将門の娘、貴船神社の丑の刻参りで御百度を踏んで、何者かに取り憑かれたのよ」との道満の言葉である。

「貴船神社に参詣したことはないが、名はもちろん知っている。だが、もっぱら縁結びということでよい印象だったのだが」

と実資が言うと、婉子らも同意して頷いた。

晴明が複雑な笑みを浮かべる。

「貴船神社には古来、帝（みかど）が馬を捧（ささ）げているのは知っているよな？」

「ああ。干ばつには黒馬を、長雨には白馬を奉納して祈願していたのだよな。のちには板（いた）立馬（だてうま）という馬形の板に色をつけたものに代わった……」

「さて、ここで考えてみよう。神というものが、真実、大天地創造の神だとしたら、なぜ馬の奉納を望む？」

「え？」

「言い換えよう。天地の一切を創った神なのに、何故に贄（にえ）を求める？」

「…………」

晴明の問いが難しくて実資は沈黙した。婉子らも同じようだ。

晴明が続ける。

「神は根本的には供物など求めてはいないと思う。なぜなら神はこの世の生き物ではないからな。御仏も、布施に込められた真心を尊しとされるのであって、布施の内容は二の次だろう？」

「布施についてはわかる」と実資が口を挟んだ。「貧者の一灯という教えもあるものな」

釈尊在世時のこと。マガダ国の阿闍世王が釈尊への供養として、釈尊のいる祇園精舎から王宮までを万の灯火で明るく照らした。

その話を聞いて感激した貧しい老女が、お金をかき集め、自ら食べるものも削って、やっとのことでひとつの灯火を布施した。

すると、王の万灯は消えてしまっても、貧しい老女が供養した一灯だけは、雨が降ろうとも風が吹こうとも消えることがなかった。

それは、御仏を護る神々が貧しい老女の供養の心を尊いと思い、その一灯を護っているからだった、という逸話である。

「その通り。しかし、本朝の神は贄としての馬を求めることがある。物を欲するとは、まるで人間みたいではないか」

「……？」

「本朝の神々というのは、基本的に人間として生きた存在が、功績その他で祀られるようになり神になったと考えていいだろう」

「ふむ……」

「つまり神社の神々のなかには、まだまだ人間的属性や人間としての限界が残っているはずなのだ」

「話としてはわかってきたが、それとおぬしが貴船神社へ行ったことはどうつながるのだ？」

と実資が尋ねるが、その声はまだ力が弱い。

「おぬしが眠っている間、女王殿下が室生寺の祈禱に旅立ったときに、蘆屋道満どのが教えてくれたのさ。『将門の娘、貴船神社の丑の刻参りで御百度を踏んで、何者かに取り憑かれたのよ』と」

実資と婉子の目つきが鋭くなった。

「その何者かを捜しに行ってきた、ということか」

「まあな」

晴明は檜扇を軽く開いて口元を隠してみせる。

貴船神社の本社では高龗神（たかおかみのかみ）が祀られている。伊奘諾尊（いざなぎのみこと）の御子神であり、水を司る（つかさどる）龍神であるとされる。

龍神は雲を呼び、雨を降らし、雷を落とす。

霊的な存在としての龍神は非常に巨大な存在なのだが、それに似た形状を持つ動物として「蛇」がいた。

畜生道に堕ちて蛇霊の姿となった者が、龍神を騙って祀ってもらおうとするのも、比較的よくある。

将門の娘も、そのような蛇がらみに取り憑かれたのではないかと、晴明は貴船神社の様子を見に来たのだった。

「蛇がいるような感じではないようだ」

「はい」と天后が隣で答える。

ただ、何かしらの違和感めいたものを覚えた。

十二天将は、木・火・土・金・水の五行それぞれに対応している。いつも晴明の周囲を固めている騰蛇は火神であり、六合は木神であるから、水神である天后を連れてきたのだった。

もうひとつ、天后ならば、万が一のときに一瞬にして一条の邸まで連れ戻してもらうことができるからでもある。

貴船神社はもうひとつ、縁結びの側面も持っていた。

これは本社と奥社を結ぶ結社に祀られている磐長姫命の力によるとされている。

縁結びは、愛憎の問題と直結しているものだ。

大勢が、丑の刻参りで縁結びに関する祈りをしているとしたら、何かしらの不調和な念いが溜まっているかもしれない。

神に見られて恥ずかしくない願いを立てる者もいるが、愛憎が絡んでくると逆上し、嫉(しっ)妬(と)し、独占欲が先走って、神に見られようと何をしようとかまわない、いやむしろわが願いをかなえなければ神ではないとでもいわんばかりの傲慢(ごうまん)な願いを立てる者もいる。

晴明と天后は結社に向かった。

水の神を祀る神社らしく、そこここに苔(こけ)が生え、地面がぬれている。

木の葉から漏れる日の光が軽やかにまぶしい。

昼間はこのように明るさを湛(たた)えているが、夜は――丑の刻にはどのような顔を見せるのだろうか……。

結社についた。

小さな社(やしろ)だが、丁寧に祀られている。

晴明と天后は同時に足を止めた。

「これは――」

と晴明が目を細める。

「主(あるじ)さま」と天后があどけない顔に凛々(りり)しい表情を浮かべた。

そのときだ。

うおんおんおんおんおん……。

うおんおんおんおん……。

何者かが吠えているような、泣いているような音がした。

風が鳴っているだけにも思えるが、晴明の左手に鳥肌が立っている。

「私は陰陽師・安倍晴明。あなたはどなたですか」

晴明が丁寧に尋ねた。

うおんおんおんおん……。

うおんおんおんおん……。

音は止まない。

天后がかすかに腰を落とし、懐から霊符を取り出していた。

「この声の主はどなたですか」

再び晴明が呼びかける。

うおんおんおんおんおん……。

うおんおんおんおんおん……。

口惜しや、あな口惜しや……。


「主さま……」と天后が警戒の声を発した。

晴明は小さくうなずくと、みたび、問うた。

「あなたはどなたさまですか」

風が吹きつけ、吹き荒れた。

木々が揺れ、明滅するように光と陰が目まぐるしく入れ替わる。


とうとう声が答えた。


——妾はイワナガヒメ。

口惜しや、あな口惜しや。

人どもめ。

妾を何と心得る。

妾をないがしろにしたが故に、貴様らの命は蚊蜻蛉のように短くなったのに。

なにゆえ妾に貴様ら有象無象の縁結びなどを願えるのか。

晴明が眉をひそめる。

「あなたはこの結社の磐長姫命さまですか」

——然り。然り。

されど、妾はそれ以上の神。

真のイワナガヒメぞ。

人どもめ。

妾を崇めよ。贄を出せ。よき男を捧げ、妾に尽くせ。

さもなくば、蚊蜻蛉の如き短命さえも奪い去ってくれる。

「いったい何をそれほどお怒りなのですか」

という晴明の声に答えるように、結社のまえに磐長姫命とおぼしき神霊が姿を見せた。

しかし、それを神霊と称していいのか……。

醜い女神として伝承される磐長姫命だったが、いま目の前にいるのは醜いを超え、醜悪の極みと呼びたくなるような姿を取っている。

ぶくぶくとだらしなく肥え太り、身体中どこもかしこも脂肪でだるだるとしていた。皮膚はがさがさでびっしりと吹き出物が覆っている。

顔も同様で、どこが目でどこが鼻かもわからないほど。

髪は半ば抜け落ち、残っている髪は脂っ気がなく、乱れに乱れていた。

着ている物は古代の巫女(みこ)装束のような物なのだろうが、あちこちほつれたり破れたりしていて、その上汚く変色している。

さらに、全身から腐臭にも似た、変な甘さを内包した悪臭をまき散らしていた。

明らかに醜「悪」――悪を感じさせる容貌(ようぼう)である。

もし都の辻(つじ)に出現したら、未熟な陰陽師には怨霊(おんりょう)の仲間に見えるだろう。

いや。

もはや怨霊と認定してもいいかもしれない。

――何を怒っているか？

決まっているだろう。

妾は捨てられたのだ。

男の愛に飢えているのだ。

それを慰めもせず、妾が縁結びをしてやろうと海の如く寛大な心で言ってやったのをいいことに、人どもは自らの願いばかり口にする。
妾の苦しみ悲しみなど誰も見向きもしない。
左様。妾は悲しみの女神。
あわれなる女神。
これ以上の美しく悲哀に満ちた慈悲深い女神はいないぞよ。
妾がすべての女の悲しみを背負ってやっているから、蚊蜻蛉の恋は実るのだ。
だから、感謝せよ。
日に十度、十日に万度、感謝せよ。
だから男をよこせ。
妾を心から愛し、なめ回すように慈しむ男をよこせ――ッ。
磐長姫命は両手を振り上げ、振り下ろした。
黒い雷撃のようなものがほとばしる。
「主さまっ」
と天后が霊符を投げて黒い雷撃に対抗した。
晴明も印を複雑に結び、呪を唱えた。
「急急如律令――」

しかし、相手は「神」である。

それも怒り猛る神である。

晴明の呪は磐長姫命に何の効力も発揮しなかった。

——陰陽師だったな。

おぬし如きの呪では効かぬようだぞ。

「そのようですね」と晴明は冷静に答えた。「しかし、これでわかりました。あなたはたしかに磐長姫命。しかし、祟り神としてのイワナガヒメなのですね?」

すると、磐長姫命、いや祟り神イワナガヒメが笑った。

太った身体が笑い声に合わせて、ぶるぶると震えている。

イワナガヒメはよだれを垂らしながら晴明を見た。

——男ではないか。

おぬしでもかまわぬ。

我慢してやる。

われに身も心も仕えるがいい——。

「平将門の娘に力を与えているのはあなたですね？」

――あやつは妾に等しき者。

期待し、裏切られ、その心を覆い隠した妾と同じだ。

妾だけではない。

この国の神々はみな、期待し、裏切られた神々。

この世を手に入れようとした者たち。

アマテラスのように己が顔を覆い隠し切れた者だけが、神として崇められるのがこの国の歴史よ。

神とは千変万化するのが本質。

アマテラスも醜い。醜いがゆえに妾であり、すべての「もののけ」は神のまたの名であるのだ。

そう言いながらも、イワナガヒメは腕を震わせ、腹を震わせて、次々に黒い雷撃を放っていた。

そのすべてに、天后が霊符をぶつけて対抗していた。

「よくわかりました。今日のところはこれで失礼しましょう」

——男なのだろ？

逃がさんぞ。

「山の神は女性に嫉妬するものですよ」

とイワナガヒメの言い分を晴明はやり過ごした。

「主さま。行きますか」

と天后が問う。

「私が次にイワナガヒメに呪をたたき込んだら、やってくれ」

そう言うと晴明は愛染明王（あいぜんみようおう）根本印を結んだ。

おんまからぎゃばぞろうしゅにしゃばざらさとばじゃくうんばんこく——。

密教において愛欲から悟りへの変化を司る愛染明王の光が、矢の如くイワナガヒメの身体を無数に射る。

うおんおんおんおんおん——。

イワナガヒメが聞き苦しい悲鳴と嗚咽をあげた。

次の瞬間、天后が晴明の手を取り、ふたりの姿は貴船神社から消え失せたのである。


晴明はそこまで話し終えると、檜扇を音を立てて閉じた。

その音が合図になったように、実資と婉子が大きく息を吐く。

「いまの話でわかるように、貴船神社の結社に祀られている磐長姫命が暴れていた」

「磐長姫命というと、木花開耶姫命の姉だったか」

そうだ、と晴明が頷いた。

磐長姫命と妹の木花開耶姫命については、次のような逸話がある。

天孫である瓊瓊杵尊が美貌で知られた木花開耶姫命と結婚しようとした。そのとき、この姉妹の父である大山祇命は、木花開耶姫命だけではなく、姉の磐長姫命も共に送り出したのである。ところが姉の磐長姫命は見た目が醜かったため、瓊瓊杵尊は木花開耶姫命とだけ結婚した。

これに大山祇命は激怒した。

『磐長姫命を差し上げたのは天孫が岩の如く永遠のものとなるように誓約したからであり、木花開耶姫命を差し上げたのは天孫が花の如く繁栄するように誓約したからである。磐長姫命を送り返した天孫は短命となるであろう』

こうして人間の寿命は短くなったとされている。

さて、瓊瓊杵尊に拒絶された磐長姫命はそれを恥じ、「今後はこの地で縁結びの神として良縁を授けん」と貴船神社の結社に鎮まったとされる。

これが貴船神社が良縁祈願の神社とされる由来なのだが、晴明はその磐長姫命が暴れているという表現を使ったのだ。

「磐長姫命の受けた屈辱はそうかんたんに消えるものではない。縁結びの神となる決意はすばらしいが、自らの屈辱は晴れていない」

むしろ磐長姫命は自らの心の傷から目を背け、よい神を演じようとしているのである。

「よい神を演じてくれるぶんには、悪くないように思うのだが」

と実資が疑問を口にした。

「よい神として正しく振る舞っていただけるならよいさ。だが、結婚を拒まれた女神が縁結びをし続けるのだぞ？　人間だったらどう思う？」

「いらいらするだろうな。怒りが爆発するかもしれない」

「それよ」と晴明が苦笑まじりに指摘する。「いま実資が言ったとおり、磐長姫命はいらいらが溜まりに溜まり、爆発してこれまでの無念をすべて晴らそうとして崇ったのさ」

「崇った？」

「生きるために表面上、謀反を起こした父とは無関係なよい娘を演じながらも、心のなかでは世を恨み、朝廷と都と帝を恨み、いつか父の無念を晴らそうという願かけを丑の刻参りという形で固く固く執り行った将門の娘・瀧姫にな」

それは磐長姫命がよい神を演じながらも自らの無念がそのままになっている心と、瀧姫のよい娘を演じながら父を殺された無念が渦巻く心が呼応し合った結果の出来事だった。

「ということは、瀧夜叉姫の狙いというのは」

「父・将門の無念を晴らし、父に代わってこの国のすべてを掌握することだろうな」

巨大な願望に磐長姫命という神の巨大な力が揺り動かされたのだ。

瀧姫は丑の刻参りの満願二十一日目に、磐長姫命の祟りの力を得たという。

ここに瀧夜叉姫が誕生したのである。

実資たちはじっと息を凝らして、晴明の話に聞き入っている。

晴明は言う。

「この国では、いわゆる天地を創った神と、上下の上としての人を導く神がごちゃ混ぜになっているところがあるのさ」

「もう少しわかりやすく説明してくれないか」と実資が音を上げた。

「がんばってみよう」と晴明が檜扇を音高く閉じる。「何しろこれは、神社や寺、あるいはわれら陰陽師のあり方の根幹にかかわるからな」

「よろしく頼む」

「神のあり方にいくつかの形があるのは聞いたことがあるだろ？」

「ああ」

和魂や荒魂と呼ばれるもので、和魂は神霊の静的状態を表すとし、荒魂は神霊の活動的で勇猛な姿を表すという。

「難しく言えば和魂とか荒魂とかいろいろ言い換えられるが、かんたんに言ってしまえば、『神は祟る』ということさ」

「なるほど。たしかに神を正しく祀らなければ祟るだろうし、そのものずばりの祟り神などという方もいると聞く」

「ここで最初の問いに戻る。天地を創った――要するに太陽を巡らし、星々を巡らし、季節を滞りなく循環させている神は、祀り方が気にくわないと祟る者でよいのか？」

「そんな言い方……それこそ祟るのではないか？」

「そう。われわれはそう思ってしまう。そこに罠がある」

「罠だって？」

晴明は冷めた白湯を飲んだ。

「神社という場所がある。そこに神は祀られている。しかし、だ。その神なるものは機嫌がよいときは――和魂としては、人々に現世利益をもたらす。機嫌が悪ければ――荒魂としては、祟りをもたらす。その祟りを慰撫するために人々はその存在を祀り、さらには祭りを行ってなだめる」

「ふむ」

「寺という場所がある。そこには御仏や観音菩薩たちが、主に仏像という形で祀られている。しかし、御仏には祟る顔はない。大日如来の変化身として憤怒相の不動明王がいるとされるが、不動明王は気まぐれで力を振るいはしない。あくまでも衆生済度のためにあえて厳父の如き厳しさを見せつける」

「それはわかる」

さらに晴明は話を釈尊在世中にまで遡らせた。

「御仏が生きていたとき、御仏は自ら歩いて衆生のもとを訪ね、直説金口の教えを説かれた。御仏が悟り得た智慧を、伝道によって衆生に広げる慈悲の実践行をしたわけだ。ただ、御仏も肉身の命には限りがある。地上を去ったのちは仏舎利や仏像として祀られるから、自らは動けない。ゆえに僧侶や参拝者が自ら足を運ばなければいけない」

実資が小さく手をたたいた。「たしかに」

「けれども神社は、最初から教えを説きに行かない。かといって神は神社の奥にいて、人間の側がやってくるのを待っているだけ、でもない」

「うん?」

「なんとかの神のお告げ、というのを聞いたことがあるだろう。神は神社におとなしくしていないでいきなり人間の前に現れ、言いたいことを言い、命じたいことを命じ、去って行く。予測はできず、さらにはその言葉に従わなかった場合に何が起こるかもわからない。これが祟りのもとだ」

「祟りとはそのようなところから来ているのか」

「そう。わが国の神と釈迦大如来には明確な違いがあるのさ。さらに言えば、釈迦大如来は自らを何と言っていたかと言えば、『法を見る者は我を見る。我を見る者は法を見る』と説いたとされる」

　自らが説いてきた経説に流れる法。それは大宇宙の経綸そのものでもあり、ひとりひとりの心の法則でもある。そのような法こそが自分自身だと言っていたのが釈尊であり、そこに神のような気まぐれ——あるときは現世利益をもたらし、別のときには不機嫌になって祟る——の存在する余地はない。

「そもそも、この国において神として祀られている者は『古事記』『日本書紀』に出てくる。それらのうち、この世で強い力を持っていたか、強い恨みを持った者が、主としてのちのちまでも神と祀られることがあるわけだ」

　この国の神々のうち、軍神が多い理由のひとつがこれだった。また、強い恨みを持った者が神として祀られるのは、記憶に新しいところではまさに菅原道真という例があり、他にも怨霊信仰は根深い。

「釈迦大如来から始まり、如来菩薩たちの体系は、言ってみれば慈悲の多様な現れ方だ。しかし、神と呼ばれる者たちはこの世での力に重きが置かれる」

怨霊となってごねにごねても「神」となるのだ。慈悲の仏の世界とはまったく性質が異なる。

気まぐれで人に利益も祟りも与えるのが神社の神だとすれば、天地のすべてを育む慈悲の法則そのものが釈迦大如来の教えである。

「なるほど」と実資も理解が進んできた。

「われら陰陽師が扱うのは天文であり、暦。天文は、今日は東から出たが明日は南から上がるなどという気まぐれはない。ゆえに陰陽師は神祇官の管轄にはいないし、必要とあらば密教僧と同じく天地を統べる法とその具現を司る諸如来諸菩薩の力の招来を願う」

「ふむ……」

「思い出してほしい。本来なら神と崇めて鎮めるべき怨霊を、われら陰陽師は祓い、調伏するのだということを」

この構図は磐長姫命にも当てはまる。彼女が神となったのはおそらく強い恨みゆえだと推測されるのである。

「それで、晴明は昨夜、貴船神社で磐長姫命と対決したのか」

「対決までは無理だったな」と晴明がさらりと言う。「せいぜい話ができたくらいだ」

「それは――」

「逃げたよ。いまの私の手に余る」

「……おぬしで太刀打ちできぬなら、どうしたらいいのだ」

「相手はそもそも死んで神霊となっている存在だからな。殺すこともできぬ」晴明が涼しい顔で言う。「ああ、また雨が降ってきたな」

「雨はいまはいいだろう。それよりも、どうすればその磐長姫命の祟りを抑えられるのだ」

晴明が小さく肩を揺らした。

「だからいま言っただろ。いまの私には無理だよ」

「ではどうしたらいいのだ」

そばで婉子が何か言いたそうにしている。

「磐長姫命は無理だったが、瀧夜叉姫なら何とかなるかもしれぬ」

「まことか。まあ、たしかに瀧夜叉姫の野望をくじいてしまえば、磐長姫命を鎮めるのと同じことになるのか」

「結果としては、な」

「だが……それこそ手に余らぬか」

道満が平将門と藤原純友を甦らせた。

そのうえ、将門の娘・瀧夜叉姫である。

そこで、婉子が口を挟んだ。

「不躾ながら、お伺いしていいでしょうか」

「はい」と晴明。

「その瀧夜叉姫とはどこにいるのでしょう」

実資も晴明がその問いにどう答えるか、気になっていた。

「おそらく、私たちも目にすることになるでしょう」

「それは、占か」と実資は聞いてみた。

「そのようなものだと思ってくれ」

「そのようなものか」

雨が強くなり、音を立てている。

ばらばらと乾いた音がして、雹が降り注いでいた。

実資が目覚めた翌日。久しぶりに参内した実資を待っていたのは信じられない知らせだった。

瀬戸内海の海賊どもが大船団となって出現したというのだ。

しかも、その先頭には討伐されたはずの藤原純友と名乗る男がいると報告された。緋色縅の鎧に身を固め、手近な島々から略奪を始めているという。

ついたばかりの傷口が、きりきり痛むようだった。

頭中将とは、帝の秘書たちの長とも言える蔵人頭と、内裏内郭を守る近衛府の実務上の長たる近衛中将を兼任していることを指す。

藤原純友が再び現れたことに対して帝に説明をしなければならないし、同時に内裏警護の立案をしなければならない。

「道満の言っていたことがもう現実になったとは。病み上がりにしては重いぞ」

実資が内裏をあちこち調整に歩き回りながら独り言で愚痴っていると、同じく参内した晴明が実資に合流した。

「来たな」

「思ったより早かった。あと数日欲しかったよ」

「ところで悪いことは重なるというのを知っているか」

「何となく」

本当はそのような事態はごめんなのだが、晴明の口ぶりから「悪いこと」の内容に察しがついてしまった。

「だが、まだ最悪までは至っていないと思う」

「どういう意味だ」

「娘のほうだけだからだ」

実資はほっとしたような、やけっぱちのような笑みを浮かべた。

「瀧夜叉姫は何をしでかしている」

「呪をまき散らし始めたようだ」

「呪を？」

「権中納言・藤原道長が昨夜襲われたそうだ」

実資はため息をついた。

「道長。案外よく狙われるよな」

「他にも襲われている人間がいるようだが、とにかく行ってみようと思う」

「少し待ってくれ。二、三の打ち合わせを終えたら、俺も一緒に行く」

「そうしてくれるか」

「そうさせてもらうよ」

今日は青空が見えている。暑いほどの日射しだが、雨で動きにくいよりは楽だった。

時間は少し遡る。

「藤原純友、現る」の報が入る前夜のこと。

道長は自らの邸で酒宴を張っていた。

権中納言ともなれば、このような機会も増える。自らの邸に招いて酒食をおごってもてなし、自派を作っていかなければいけないからだ。

この夜も五人ほどを招いた。

酒も食も十分食らい、客人たちが帰ったあとのことである。

したたかに酔った道長はそのまま寝所へ向かった。

そこに、それはいたのだ。

「藤原道長、許すまじ。藤原の血筋、許すまじ」

そう低い声で訴え続けているのは巨大な髑髏(どくろ)——がしゃどくろだった。

「あなやッ」

骨格は人間のものなのだが、大きい。腰から下は床に溶け込んでいてわからない。腰から上の部分だけで、欄間(らんま)を越えるほどの高さがあり、それに比例するように骨は太く、大きかった。

巨大ながしゃどくろが道長を捕まえようと、骨だけになった手を伸ばす。

再び「あなや」と叫んで、道長は尻(しり)もちをついた。

その道長を嘲(あざけ)るように、がしゃどくろの背後から声がする。

「ふははは。これがわが世の春を謳歌している藤原家の男か。情けないにもほどがある。口先と世渡りだけで権力者に成り上がった愚者め」

そう道長を罵倒したのは並の武者よりも勇ましげな、しかしそれが不思議な色香を感じさせる顔立ちをした若い女だった。庶民の言い方であれば男勝りな女となるのだろうが、そう単純に言い切るには美しすぎる。そんな女だ。もしそのような言葉があるなら、姫武士とでも呼びたいような人物。背は高く、大鎧を身につけ、刀をたばさんでいる。兜は着けておらず、色白の秀麗な顔を惜しみなくさらしていた。

「き、貴様、何者ぞ」

「われは瀧夜叉姫。貴様らによって謀殺された平将門の娘にして、その遺志を継ぐ者だ」

がしゃどくろが道長を叩き潰すかのように、巨大な手を振り下ろした。

巨大な骨の手の衝撃を想像して悲鳴を上げた道長だったが、いくら待っても打撃は来なかった。その代わり、がしゃどくろの手は道長の身体をすり抜け、その魂に底知れぬ恐怖という衝撃を与えたのである。

道長は気絶した。

「ふん。他愛もない」と瀧夜叉姫が蔑みの言葉を吐いていると、その横に蜘蛛丸が出現した。

「姫さま。初陣おめでとうございます」

「初陣？　これがか。くだらぬ。何の覇気もない男を失神させただけではないか」

「いや。姫さま、いかなる大業も小さなところから始まりますから」そう言って蜘蛛丸は瀧夜叉姫の前に回り込んだ。「お怪我などありませんか」

「ない。第一、この男は丸腰だったではないか」

「そうなのですが……」

そこへもうひとり、夜叉丸が戻ってきた。

「道長を昏倒させましたか。大手柄ですな」

瀧夜叉姫は、凜々しい顔に嫌悪感をにじませた。

「夜叉丸。貴様もわれを愚弄するか」

「とんでもない。事実を申したまで」

「おぬしのほうの首尾はどうだった」

「酒宴で酔った貴族五人、残らず悪夢に縛りつけました。ですが、五人合わせても権中納言・藤原道長には到底追いつきませぬ」

「そうか」

がしゃどくろが消える。

「それでは次、藤原公任の邸ですな。私は先に行って門を開けてまいりましょう」

そう言って夜叉丸は夜の闇に消えていった。

「これは俺のただの勘なのですが、あの夜叉丸にはお気をつけになったほうがいいと思います」

「何だ、蜘蛛丸」

「姫さま」

「ほう。なぜだ」

瀧夜叉姫に問われて、蜘蛛丸は返答に窮した。

「……そう尋ねられて、すぐに答えが出ないところが、どうも好きになれないのです」

瀧夜叉姫は豪快に笑った。

「くははは。おぬしは心配性だな」

「はっ……」

「われもあの男は好かぬ」

「姫さま……」

「けれども、役に立つ。亡き父の無念を晴らすためには、あの底意地の悪そうな得体の知れなさが、いまは使えるのだ」

「それはわかります。けれども、あの男はどこかで姫さまを裏切りそうな気がして」

瀧夜叉姫は自分より頭ひとつ背丈がある蜘蛛丸の肩に手を置いた。

「心配はいらぬ。そのときにはわれが夜叉丸を殺すまでだ。——行くぞ」

そう言って瀧夜叉姫が次の目的地である公任の邸へ走り出した。

蜘蛛丸は、いま瀧夜叉姫が手を置いた自分の肩に軽く触れると、彼女の残り香がないか、自らの手の匂いを嗅いだ。

だが、鼻に感じられるのは自らの汗の匂いだけだった。

道長の召人たちが大騒ぎとなったときには、瀧夜叉姫も蜘蛛丸もすでにいなくなっている。ただ、「将門の娘・瀧夜叉姫参上」との書き置きが残されていた。

晴明と実資は、昨夜、何者かに襲われた貴族たちの邸を回った。

藤原道長、道長と昨夜酒食を共にした貴族たち五人、それに藤原公任だった。

どの者のところにも「将門の娘・瀧夜叉姫参上」との書き置きが残されている。

五人の貴族と公任は、晴明があっけなく呪を落とせた。話を聞いてみると、五人の貴族は恐らく夜叉丸に、公任は蜘蛛丸に襲われたらしいこともわかった。

牛車に揺られながら、「蜘蛛丸か」と実資は知らず知らずのうちに傷口をさすっている。

「傷が痛むか」

「いや、そうではない。俺のときには刃物で殺そうとしたのに、今回は呪で意識を奪ったのだなと思って」

「気になるか」

「少しはな」

晴明がほっそりとした指を顎につけてやや考え、こう言った。

「私が考えるに、殺すことはたやすかったのだと思う。しかし、殺さず、このように陰陽師なり密教僧なりの手で快復するのも織り込み済みで仕掛けてきたのだと思うのだ」

「何のためにだ」

「単に殺してしまったらそれまでだが、このようにすれば、自分たちのことを証言してくれる。その証言はいつしか人の噂になって流れ出し、都の人々に恐怖を植えつけるだろうよ」

「恐怖……」実資は久しぶりに髭を剃ってさっぱりした頰をなでながら、「たしかに道長の顔は恐怖に歪みきっていたな」

その道長なのだが、よほど恐ろしい目に遭ったのか、晴明が呪を落とそうとしてもすっかり心を閉ざしてしまっていた。

「これればかりはどうしようもないだろう」

「そういうものなのか」

「何事も、天の時というものはあるのさ」

実資は久しぶりの外出に額の汗を拭いながら、

「だとしたら、いまは藤原純友を『神剣』が討ち滅ぼしてくれるのを祈るか。——平将門と合流させないために」

「さすがに純友と将門、さらに瀧夜叉姫の三者を同時に相手するのは、骨が折れそうだからな」

そう言って晴明は牛車の物見から外を見つめている。

その目の先には瀬戸内海があり、神剣の使い手・源頼光が戦っているはずだった。

伊予掾・藤原純友は一度討伐され、死んでいる。

その純友が再び甦り、攻めてきた。

一度死んだ者を相手に、どのように戦えばよいのか。

朝廷は陰陽寮などと相談の上、源頼光に白羽の矢を立てた。

頼光を選んだのにはいくつか理由があった。

ひとつは、瀬戸内海を進んでくる純友が海賊どもを率いていることである。

陸上での戦いなら、純友ひとりを捜し出すのも比較的容易だが、何隻かの船に乗ってくるとなれば、話は違ってくる。最終的に純友の首を狙うとしても、船同士の戦いをある程度進めなければいけない。つまり、個人戦ではなく、戦いの指揮を執れる人間が必要になるのだ。

次に、敵は純友だけではない。道満の言葉どおりに純友は甦った。ならば同様に平将門も甦ると考えるのは至極妥当な予測であり、恐らくその通りになるだろう。純友と将門に挟撃されて都で防衛戦をするのは何とか避けたいところだった。

さらに言えば、これが最も重要なことであったが、頼光が神剣の使い手であることだった。

純友は、死人である。その純友に、いかなる攻撃が通用するか、あるいはいかなる攻撃であれば今度こそ息の根を止められるかはわからない。だが敵は瀬戸内という都から離れた場所にいる。前述の通り、挟撃の危険も考えるなら、いくつかの攻撃を試行錯誤している暇はなかった。最初から明らかに魔に対するのと同じ構えをとるべきだと考えたのである。

かくして、頼光が選ばれた。

大鎧に太刀を挟み、船の前方に仁王立ちとなって瀬戸内海を行く姿は毘沙門天(びしゃもんてん)もさながらだった。

純友討伐軍の船の数は二十。その先頭の船に頼光はいた。

瀬戸内の海にはよくある靄(もや)が立ちこめている。

「頼光、向こうの島影に妙な波の動きがあるな」

そう告げたのは渡辺綱という男だ。頼光の子飼いのひとりである。他にも何人かいるが、都に将門が出現したときのために置いてきた。

綱とは付き合いが長い。一見、軽口めいた彼の言動も、付き合いの長さによる親愛の表れだった。

「よし。その波のほうへ行ってみよう。海賊どもが潜んでいるかもしれぬ」

頼光たちは音を立てないように操舵する。

はたして島影の向こうに海賊どもが潜んでいた。

「船の大きさはこちらが上のようだが、数は向こうのほうが多そうだな」

と頼光が目を細めて確かめる。

「小回りがきくぶん、厄介そうだな」

「動き回らせなければいい。幸い、敵はまだ小さな湾のようになっているところに潜んでいる」

「奴らが今日の仕事に取りかかる前に潰せばいいんだよな」

綱が刀を抜いて、楽しげに笑った。

頼光は討伐軍の船同士を太い縄で結びつけ合う。

そのまま、魚を網で追い込むように、大きく展開して迫った。

「射よッ」と頼光が命じ、討伐軍が一斉に矢を放った。

海賊どもが気づいたときにはもう遅い。頼光が言ったとおり、網に追い込まれる魚群のように逃げ場を失っている。

同時に頼光は、大音声で呼びかけた。

「此度の戦は藤原純友を討ち取るためにあるッ。海賊どもであっても、藤原純友を恐れて戦っていた者は投降せよッ。投降した者に危害は加えぬッ」

海賊どもに明らかに動揺が走った。ここしばらく、海賊どもはおとなしく朝廷に恭順していた。それを純友が、かつて海賊どもをまとめたというだけの理由で朝廷に敗れた男が再び海賊の頭として男たちを戦いに駆り立てているのだ。将門の乱が二カ月程度で平定されたのに比べ、純友の乱は船を使っていることもあってか二年に及んだのだが、戦が長引いたことはそれだけ海賊側にも損耗が大きかったことを意味する。

その純友が甦り、地獄の恐怖を用いて海賊どもを無理に使役している面もあるはずだと、頼光は踏んでいた。

そこで、投降を呼びかけたのである。

投降を迷うそぶりを見せた者が幾人も現れてきた。

そのときだ。

海賊のなかで悲鳴が上がった。

投降を迷っていた海賊のひとりが斬り殺されたのだ。

『投降する者はことごとく殺せッ』

そう言いながら出てきた者がある。兜はなく、ほつれた総髪を潮風になぶられながら、矢を無数に受けて崩れかけの大鎧で出てきた。顔に生気はなく、しかし憎悪と怒気が瘴気とともに漏れている。

「われこそは鎮守府将軍・源満仲が子、源頼光なり。おぬしが藤原純友か」

『左様。瀬戸内をすべて貴様らの血で染め上げげんと、地獄の底から甦った海の王ぞ』

「かかる野望、断じて許さぬ」

頼光が太刀を抜いた。呼吸を整え、神気を集め始める。

純友が毀れた太刀を抜く。黒煙の如き瘴気が、純友を覆う。

『野武士、貴様の首、鱶の餌にしてくれるぞ』

「頼光。あんたは純友を。他の海賊どもは俺たちで何とかする」

と叫び、綱が手勢を率いて討伐軍の船から海賊どもの船に飛び移っていった。

すでにそれだけ両軍は接近している。

「綱、任せたぞ」

「おうよ」

頼光は船の舳先に立つと太刀を上段に構えた。

にわかに空がかき曇る。

「南無釈迦大如来。南無八幡大菩薩。わが太刀に神の力を——」

気合いの声とともに頼光が太刀を振り下ろした。

電撃一閃。

雷鳴。

頼光の太刀から放たれた神剣が、純友の船を粉砕した。海に投げ出された海賊どもの悲鳴が上がる。

だが、純友は直前で頼光の船に跳躍した。

『なるほど。それが神剣か。地獄でも聞こえていたぞ』

「ならば食らって冥土の土産とするがよい」

頼光が太刀を八相に構える。

『遅いッ』

純友が斬撃を繰り出した。

頼光はそれらをことごとく避け、再び太刀を振るう。

雷撃を纏った太刀を純友は瘴気みなぎる自らの太刀で受け止めた。

反発する力が正面からぶつかり合い、互いの身体を弾き合う。

「ためが弱かったか」

『この程度で神の名を冠するか。神が泣くぞ』

有象無象のあやしのものなら雲散霧消している一撃を、純友は受け止めて見せたのだ。

「逃がさぬっ」

と頼光が叫んだときである。

純友は大きく跳躍した。

そのまま、別の海賊の船まで飛び移ると、『退けッ』と命じる。

純友は逃げ出した。

討伐軍の船を互いに結び合っていた太い縄を、純友の刀が切る。

大半の海賊船はすでに破れるか、投降したか、縄から逃げ出せないでいたので、純友と共に瀬戸内海を逃げていったのは五隻程度だった。

純友は海岸周辺の村に火矢を放たせ、村を焼きながら逃げた。

「頼光っ、あいつ逃げるぞ」と綱が戻ってきて叫んだ。「追撃しよう」

「ならぬ」と頼光が止めた。「その前に、村の火を消せ」

「村に火を放ったのは、あいつが逃げるための作戦ではないのか」

「そんなことは百も承知している！　だが、人々を放っておく訳にはいかぬ」

火に追われる人々をそのままにしていては、海賊と変わらない。

討伐軍は直ちに村の火事を消しに回った。

頼光の迅速な判断のおかげで、村人に死者は出ないですんだ。

そのあいだに、純友はどこかへ姿を消してしまっている……。

頼光は海賊たちの処遇についても約束通り、寛大に扱った。

自分から望んで朝廷に戦いを挑もうと思った者は別として、純友に恐怖して従っていた者たちには、この戦いが終わるまで純友に加勢しないことを条件に、飯を食わせたうえ、さらに多少の食料を持たせて放してやった。

彼らの村も、先ほどの純友の撤退の際に焼かれてしまったからだった。


純友に焼かれた村の被害状況を頼光が確認していると、同行している渡辺綱が両手を頭の後ろで組みながら、文句を言った。

「あーあ。逃げられちまったな」

「ふむ」

「どこ行ったかわからねえんだけど？」

「いま人をやって探している」

日が暮れて、夜になる。

結局、純友の逃げた先はわからないでいた。

波音が穏やかな、よい夜だった。

その夜陰に紛れるようにして、一艘の小舟が討伐軍の船に近づいた。

小舟から、顔を隠した男どもが討伐軍の船に乗り移ろうとしている。

その数、三人。

男どものうちのひとりが討伐軍の船に入り込んだときだった。

たん、という静かな音がして、男の足下に矢が刺さった。

「夜闇に紛れて舞い戻ったか、死人の純友の海賊よ」

そう言って次の矢を構えているのは渡辺綱だった。

村の焼き討ちがあったので、警戒して夜は寝ずの番を買って出ていたのである。

「おぬしは――渡辺綱」

「へえ。俺も有名になったな。おい、おまえ。礼として次の矢であの世に送ってやる。船に矢を刺すとあとが面倒だからな」

そのとき、驚くべき事が起こった。

「待ってくれ」

と、男たちが腰に差していた刀を捨てたのだ。

さらに男たちは顔を覆っていた布を外し、両手をあげる。

「あん？」

昼間、解放してやった海賊たちだった。

「俺たちはあんたらの敵じゃない」

綱が顔をしかめた。

「どういうつもりだ」

「源頼光どのに会わせてくれ」

知らせを受け、頼光はすぐに飛び起きると、戻ってきた海賊三人と面会することにした。

頼光が静かに男たちを見つめる。

三人は怯(ひる)まずにじっと頼光を見返していた。

「なぜ、戻ってきた」

頼光が言葉少なに尋ねる。

また純友の配下になったというのなら、今度こそ斬るしかないだろう。

しかし、最初に乗り込んできた男が言った。

「藤原純友の隠れ家を見つけてきました」

頼光と綱は顔を見合った。

「それは本当か？」と頼光。

「はい。あいつは俺たち海賊しか知らない入り江の奥にいます」

「どうしてそのようなことを？」

「もともと俺たちはあいつらに従う気はなかった。けれども、あいつは恐怖で俺たちを支配した」

「うむ」

「あいつは俺たちの村を焼いた。けれども、頼光どのは俺たちに食い物をくれた。俺たちは頼光どのの味方をする」

綱が冷ややかに覗き込む。

「はっ。飯をもらったから味方する？　じゃあ、向こうがもっと豪華な飯をくれたら寝返るのか？」

「そんなことはしない」

「どうだかな。その隠れ家とやらも、行ってみたら挟み撃ちにされる、なんてのじゃないのか」

男は多少むっとした様子だったが、頼光に言った。

「もし俺が嘘をついていたとわかったら、その場で頼光どのが俺を殺してくれればいい」

頼光がやや目を細める。

綱はしばらく黙って見ていたが、「あんたが大将だ。どうする？」と頼光を促してきた。

頼光は男に尋ねた。

「いつ攻めるのがよいか」

「夜明け前がいい。夜が明けたらまたあいつはどこかへ出てしまうかもしれないから」

頼光はうなずき、綱に命じた。

「全員、戦の準備だ。物音を立てず、速やかに船を出す。急げ」

三人の男たちの身柄は、綱に預けられることになった。


東の空が白み出す。

空と海の境目がゆっくりと明瞭になっていった。

「先の戦いと同じく、船同士を縄でつないでいれば、入り江から出ようとする純友どもの船は逃げ場を失うはずです」

という男の進言で、今回も討伐軍の船は間隔を空けながらも縄でつないでいる。

「あっさり信じるのだな」

と綱が半ば呆れている。

「そのくらいで、世の中というのはちょうどいい」

と頼光が前を見たまま答えた。

世知辛い世の中、このくらい人を信じられるやさしさがあってもいいではないかと頼光は言っているのだった。

しばらく複雑な表情をしていたが、とうとう綱が吹き出した。

「はは。違いないな。そういうあんただから、俺も他の連中も仕えている」

「おぬしらは、わが身に余る勇士ぞろいよ」

「それこそ身に余る言葉だ。――それじゃあ、暴れてくるか」

例の入り江が見えてくる。

戦いが始まった。


昨日と同じく、討伐軍が一斉に矢を放つ。

突然の攻撃に純友は驚愕（きょうがく）した。

『なぜここがわかったのだッ』

海賊でも一部の者しか知らないという隠れた入り江である。

「藤原純友よ、今度こそ逃がさぬぞ」

という頼光の声が朗々と響いた。

純友が激怒する。

『貴様ら、裏切ったかッ』

手近にいた海賊ども数人を一気になで斬りにした。

ただでさえ戦意を喪失しかけていた海賊たちは、純友を見捨てることを選んだ。

昨日逃げた五隻に、さらに集められた新しい海賊船がいたが、新しい海賊船のほうにみな逃げ出し始めた。

新しい海賊船は次々と投降の印をあげ、それどころか純友がいる船に火矢を放ち始めた。

入り江の手前の陰から別の海賊船が現れる。

「新手か」と綱が叫ぶと、三人の男のひとりが言った。

「違う。あれは俺たちの船。——いまはあんたらの味方だ」

頼光が大音声を発した。

「海賊どもよ。命が惜しい者は早く逃げ出すがいいっ。入り江の陰から来た船は、海賊どもを回収せよっ」

不意に頼光がしゃがみ込む。

いままで頼光の頭があったあたりを、巨大な槍が飛んでいった。

遥か彼方の船の純友だった。

『頼光ッ。その首もらい受けるぞ』

「それはこっちの台詞だ。目指すは藤原純友ただひとり！」

頼光は太刀を抜き、神気を集め始める。

この期に及んで、それでも何割かの海賊は頼光たちに敵対することを選んだらしい。

昨日と同様、逃げたくても逃げられない海賊もいるようだった。

綱は密告してきた三人の男たちに呼びかけた。

「これから、俺と一緒に海賊船に攻め込むぞ」

「…………っ」

「いいか。俺たちは別に海賊を殺しに来たわけじゃない。本気で敵対する連中は斬らねばならないが、おまえたちが呼びかけることで投降する奴がいるなら、投降させてやる」

「……はいっ」

大鎧を纏った綱が海賊どもの船へ飛んだ。

密告してきた男たちも続いた——。

純友の動きを寸毫(すんごう)たりとも見逃すまいと凝視しながら、頼光が命じる。

「この船を、純友の船にぶつけよ」

『ははは。昨日と同じ手か。返り討ちにしてやるぞ』

ゆっくりと近づいていた船が、激突の瞬間、加速したように見えた。

激しい衝撃。

船が砕ける音と男たちの怒声。

それらを突き破るように純友が、頼光の船に飛び移る。

その刹那。

「源頼光、参る！」

という叫びと共に、頼光自身が自分の船を飛び出した。

『何⁉』と叫んだ純友が、身体をくの字に曲げて後ろに飛ばされる。『ぐはあッ』

太刀を構えた頼光が純友の腹部を蹴り飛ばしたのだ。

「昨日と同じではないぞ」

自らの船に蹴り戻された純友が再び立ち上がる。

『かかか。自ら死地に飛び込んでおきながら何を言うか』

「敵中であろうが、わが心は平静。南無釈迦大如来。南無八幡大菩薩。――いざ、わが戦いを照覧あれ」

頼光が純友に肉薄した。

純友が頼光に全力で立ち向かう。

その純友を頼光がさらに激しく追い詰めていく。

その一方で綱たちの戦いは着々と進展していた。

「怯むなっ。船の上だと思うから腰が引ける。ここも陸、御仏の手の平だと思えば、太刀筋も揺れないはずだ」

綱が軍に活を入れる。

綱の明るく力強い言葉は討伐軍の士気をあげ、逆に海賊たちの勢いを失わせていった。

綱自身も、激しく戦っている。

すでに返り血を身体のあちこちに浴び、頬にかすり傷をいくつか負いながら、ますます剣技の冴えを見せていた。

海賊どもは斬り殺され、それが嫌な者は武器を捨てて次々に投降していく。

「純友、貴様の手勢はどんどん追い詰められていっているぞ」

互いに太刀をぶつけ合い、何合も斬り合いながら、頼光がそう叫ぶ。

『海賊どもなどいくらでも集められるわ』

「何だと⁉」

『おぬしらが斬り殺しまくれば、そのぶん、恨み心を抱いて死んで悪鬼羅刹と化した海賊どもを地獄から連れてこられるわ』

純友が太刀を力任せに横にないだ。

頼光は飛び上がってそれを避ける。

「外道が」

『ふはははは。最後は俺ひとりになっても構わぬ。たったひとりで都に攻め上ってやるわ』

「何だと」

『このような太刀も鎧も死んだ身には本来不要。貴様らの心に呼び起こす恐怖こそ、わが武器だからなぁッ』

「私は貴様など恐れぬわ」

距離が開いたことで、神気を溜める隙が稼げた。頼光が大きく踏み込む。太刀が振りおろされる。鈍い音。頼光の太刀が純友の大鎧ごと左肩を斬る。純友の左腕が斬り飛ばされ、宙を舞った。

『うおおおお』純友が吠えた。

「やはり神気を纏ったわが太刀ならば、貴様のこの世ならざる身を斬り裂けるようだな」

『小癪なァ』

片腕となり、逆上した純友が力任せに右腕だけで太刀を振り回す。

「前回は二年かかったが、今回はこれで終いだ」

頼光が両手に構えた太刀を天高く掲げる。

南無釈迦大如来。南無八幡大菩薩——。

空の暗雲から雷が頼光の太刀に落ちる。

その白い光に、純友が怯んだ。

『この光はッ』

「地獄で自慢しろ。これが本物の神剣だッ」

頼光の太刀が純友の脳天に落ちる。

轟音。

純友の身体がふたつになって船に倒れる。

頼光の神剣が純友のこの世ならざる身体を真っ二つにしたのだ。

こうして、頼光と綱の鬼神の如き活躍によって、二度目の「藤原純友の乱」は平定されたのである。

藤原純友が討伐されたという知らせは、すぐさま内裏にもたらされた。

知らせを聞いた実資と晴明は、頼光の神がかりとも言える戦いぶりを想像して喜び、安堵した。

だが、その喜びは長くは続かなかった。

七条河原に平将門が出現したのである。

さらに時同じくして、瀧夜叉姫が、夜叉丸・蜘蛛丸と共にある邸を襲撃しようとしていた……。

第三章　将門の首と瀧夜叉姫

七条河原は、平将門にとって因縁の地である。

いまからおよそ五十年前の天慶三年、下総国で「新皇」を名乗って挙兵した将門だが、二カ月という短期間でその叛乱は鎮圧された。

最後の戦において、将門は流れ矢が眉間に当たって絶命したとされる。

その後、将門は首をはねられ、記録に残っている限り初めて「さらし首」となった。

七条河原は将門が首を晒された場所なのだ。

だが、将門の逸話はこれで終わったわけではない。

七条河原に晒された将門の首は、幾日が経ち、幾月が経っても、憤怒にまなじりを決し、歯ぎしりしているようであったという。

これについてはさらに続きがある。

藤六左近という歌人が、将門の首を見て歌を詠んだ。

将門は　こめかみよりぞ　斬られける

俵藤太（たわらのとうた）が　はかりごとにて

——影武者が七人いたという将門だが、弱点のこめかみを斬られてしまった。俵藤太がはかりごとで女房の小宰相（こざいしょう）から聞き出したから。

すると、突如、将門の首が笑い声を発した。

それに合わせて大地はとどろき、稲妻が天を走ったという。

将門の首は叫んだ。

「軀（からだ）つけてひと戦せん。俺（おれ）の胴はどこだ」と。

声は毎夜毎夜、河原に響いた。

とうとうある夜のこと、将門の首は切り離された胴体を求め、白光を放って東へ飛んでいった……。

その首は東国にたどり着いたとも、途中で力尽きたとも、はたまた隼人神（はやとがみ）に射落とされたとも言われ、各地に伝承が生まれ、神社が建てられた。

ここでも「恨み心を持った者を神として祀（まつ）る」という伝統が踏襲されたのである。

そのような土地に、平将門は立っていた。

死して地獄に堕（お）ちた記憶はある。

業火に焼かれ、絶叫しながら、前生を悔い改めるどころか、ますます朝廷への憎しみを燃え立たせていたところ、不意に呼ばれたのだ。

都に戻れ、と。

しばし考えた。

このまま地獄の責め苦を受け、いずれは戦って自らの居場所を広げるという考えがあった。

だが、何故に謀反人に戻れというのかが、気になる。

乗ってやろう、と思った。

平将門の乱は、呼応して西から挙兵した藤原純友の乱と合わせて「承平・天慶の乱」と称されるが、もともとは下総国の一角で起きた親族同士の争いである。

そもそもに帰れば、平姓を賜った高望王が不遇な人物だった。

桓武帝の孫だったが、中央での出世の見込みがなく、上総介として東に下ったのである。

武士となることで坂東の治安を守り、その引き換えに所領を認めてもらおうと考えたのだった。

将門は高望王の孫に当たる。

初め、将門は都で摂関家に仕える中流官人だった。ところが帰郷してみると、伯父どもに父から受け継いだ所領のほとんどをかすめ取られていた。

将門は下総国豊田に下がって、時を待った。

伯父とは女のことでも揉めた。

その揉めごとから将門は襲撃を受けたが、これをたやすく返り討ちにすると一気に伯父のひとりまで討ち取ってしまった。

だが、討たれた側が黙っていない。

いくつかの戦いが仕掛けられ、将門はあるときは勝ち、あるときは退却し、ときには都に呼び出されて検非違使の尋問を受けたり、逆に相手方の暴虐を訴えたりした。

ここで奇怪な男と出会う。

名を興世王という。

自らを皇族のひとりと称していた。

将門は早々にこの男が皇族ではないだろうと直感していた。

なぜなら、将門は摂関家に仕えた経験があり、直接間接に皇族の何たるかを見聞きしていたからだった。

それらの体験に照らせば、興世王はとんでもない食わせ者である。

蛇蝎のような目と口が嫌いだった。

ところが興世王のほうでは将門を好いていた。

いや利用しようとしていたようだ。

どういうわけか、将門は興世王たちとともに謀反の疑いをかけられた。

まったくの無実だったのはすぐに明らかになったが、このどさくさで興世王は将門を頼るようになった。

さらにまた戦いが起こった。常陸の藤原玄明なる乱暴者を将門が匿ったからだとも、対立関係にあった従兄弟の画策だったとも言われる。

相手は常陸国府。正々堂々の合戦の末、将門は勝利してしまう。

原因がどうであれ、この戦いによって将門は国府を占領して国司を捕縛し、朝廷の敵となってしまったのである。

七条河原に甦った将門は自らの身体を確かめた。

坂東の強い日光に焼かれた赤銅色の肌。力を入れればたちまちに筋肉が盛り上がった。

たしかに自分の身体である。

それも「新皇」と称した頃の、限りなく全盛期に近い身体だった。

だが、身につけているものがいけない。

粗末な袴をはいているだけで、上半身は何も身につけていない。

刀もなかった。

五月雨の季節は終わり、夏の日射しが容赦なく照りつける。盆地である京の都のむっとする暑さを久々に感じて、将門は自らが甦ったのだなとあらためて思った。

ぬるい風が吹き、ぼさぼさの総髪を揺らした。

まるで風にもてあそばれるように、襤褸布が飛んでくる。

将門はかすかに目を細めた。

『貴様、誰だ』

将門は襤褸布に問いかけた。

風に飛ばされるままだった襤褸布が、まったく違う動きを見せた。

気づけば襤褸を纏った乞食姿の老爺が立っている。

「ほっほっほ。さすがですな。それがしは蘆屋道満。御覧の通り、風に飛ばされて生きている法師陰陽師」

『陰陽師風情が、俺に何の用だ』

すると道満と名乗った陰陽師はにやりとした。

「帝の御璽もて地獄の底より将門公にお戻りいただくように呼びかけたのは、このわし」

『何?』

将門が眉をひそめる。

「ほっほっほ。まずは無事のご帰還、何よりでござった。将門公。――それとも『新皇』

陛下とお呼びすればよろしいかな？」

将門は皮肉な笑みを浮かべた。

『将門でいい』と答える――。

もうあとには引けませぬ。行くところまで行きましょう――。

常陸国府との戦いのあとの興世王の言葉だ。

世に「魔のささやき」なるものがあるとすれば、あのときの興世王の言葉がそれだった。

できることなら、あのときに戻って興世王の言葉を拒絶したい。

いやそれより前、興世王が武蔵権守として来た時点に遡って、奴を殺してしまいたい。

そうすれば、自分も娘も違った生き方があっただろう――。

だが、歴史はそう動かなかった。

興世王の言葉を受け入れた将門は下野国、上野国のふたつの国府を占領し、帝や朝廷とは無関係に関東諸国の国司を任命した。

本来の国司らは将門の勢いを恐れて逃げ出し、結果として将門は武蔵国、相模国などの国々も従えることになる。

将門は関東全域を手中に収めた。

この頃、巫女の宣託によって将門は「新皇」を称している。

一方の都では大騒ぎになっていた。

源経基が将門謀反の密告をすると、朝廷は直ちに諸々の寺社での調伏祈禱を命じた。

参議・藤原忠文が征東大将軍に任じられ、将門追討軍が京を出立。

関東では平貞盛が下野国押領使だった俵藤太（藤原秀郷）とともに将門討伐の兵を集め始めた。この貞盛と藤太の軍に藤原為憲も加わり、天慶三年二月十四日、将門と合戦が始まる。

南風に乗じた将門軍は初め優位に立ったが、急に風向きが変わって反撃を受け、流れ矢によって将門は討ち死にした。

関東の独立は僅か二カ月で瓦解した。

参議忠文の追討軍が京から関東に着く前に、戦いは終わってしまったのだった。

「では将門公」と悪びれることもなく、道満が続ける。「これからどうなさいますかな」

将門は肩を揺らして笑った。

『しれたこと。都を恣にせよ。それが、私を呼び出したおぬしの言葉だっただろう？』

不意に都には手を出すななどと言ってくるのだろうか。もしそんなつまらぬ男なら、この場で首を絞めてしまおうと思う。

しかし、道満はにこりとした。

「結構、結構。御心のままになされよ」

『ふむ？』

こやつ、正気か？

将門は軽く顔をしかめ、道満を見つめた。

一瞬、興世王の顔が脳裏をかすめた。蛇のような目と、その目にふさわしい信用のおけない顔。しかし、目の前の道満は、好々爺が孫のささやかな夢を祝福するように、都の破壊を目論む将門をけしかけている。

やはりここで殺すべきか。

この道満という男は危険だ。興世王が泥のように狡猾で汚い男だったとすれば、目の前の男は闇そのものだ。淀んではいないかもしれないが、何も見えなくなる。力では負けないだろう。

そのときだった。

「ああ、そういえば将門公のお耳に入れておかねばならぬことがありましてな」

『何？』

命乞いでもするつもりか？

もし、命乞いなどしたらすぐさま殺してやる。

この男にそんなものは似合わないはずだ……。

道満は夜明けの月のように不気味に笑った。

「実は、将門公の娘・瀧姫さまが都に来ていらっしゃいましてな」

将門は耳を疑う。『何だと？』

鳥の声がし、蟬が鳴いていた。

日は傾き、たそがれどきになっている。

川の音がごうごうとすべてを流し続けていた。

七条河原で道満と将門が対面している頃、ある邸を奇妙な三人組が来訪しようとしていた。

直垂に小袴の男がふたり。被衣をかぶった女がひとり。

先頭に立っているのは女である。

女が後ろの男に尋ねた。

「ここか」

「はい」

この三人こそ、瀧夜叉姫、蜘蛛丸、夜叉丸である。

瀧夜叉姫は邸の門を憎々しげに見つめた。

「俵藤太。父の仇のひとり」

と、奥歯を噛みしめる。

俵藤太とは将門を討った者たちのひとり、藤原秀郷のことである。

「もとは下野掾程度だったのが、将門公を討ったことにより従四位下となり、下野と武蔵の二カ国の国司、さらには鎮守府将軍に叙せられた男ですな」

と夜叉丸が皮肉そうな言い方をした。

蜘蛛丸、と瀧夜叉姫が言うと、蜘蛛丸が跳躍して門を飛び越える。

程なくして門が開いた。

「姫さま、どうぞ」

「ご苦労」

邸に入った瀧夜叉姫は小走りに庭を回り込み、母屋を目指した。

母屋には俵藤太がいる。すでに老齢だが、鋭い眼光は年を重ねてますます光を増しているようだった。

「俵藤太だな」と蜘蛛丸が尋ねた。

母屋に端座して漢籍を読んでいた藤太が、振り向く。

「いかにも。して、おぬしらは何者か。賊」

きっぱり賊と言い切るところ、さすがの気迫である。

「われらは賊ではない」と瀧夜叉姫が切り返し、被衣を払いのけた。「われは瀧夜叉姫。おぬしが謀殺（ぼうさつ）した平将門の娘である」

　さすがに藤太が腰を浮かせた。

「何？　将門の娘だと？」

「奸賊（かんぞく）・俵藤太。父に代わって貴様を討ち取ってくれるわ」

　瀧夜叉姫が刀を抜く。蜘蛛丸が短刀を構え、夜叉丸も刀を構えた。

「将門の娘というから大年増（おおどしま）かと思ったが、まだ尻（しり）の青そうな小娘ではないか」

「馬鹿にするなッ」

「将門相手ならともかく、娘とその仲間のへっぴり腰どもでは、わしは殺せぬぞ」

「黙れッ」

「もうじき百歳になるこの身、まだ動くぞ」

　瀧夜叉姫が目を見張りつつも、庭を蹴（け）って母屋に飛び上がる。

　すでに腰を浮かせていた藤太は後ろに飛び退（の）き、刀を摑（つか）んだ。

　瀧夜叉姫の刀。藤太がそれを避ける。蜘蛛丸が跳ねた。藤太は刀を抜き、蜘蛛丸の左腕に振るうが、わずかに届かない。

「ご老体。もうひとりいるのですよ」

　鬼の面をかぶった夜叉丸が迫った。

藤太の狩衣(かりぎぬ)が浅く斬られる。

「逃がさんッ」

瀧夜叉姫が刀を突き出そうとしたときだった。

「おいたはそれまでだ。将門の娘」

精悍(せいかん)な男の声がした。どこからともなく出現し、右手の手刀で瀧夜叉姫の刀をたたき折っている。

晴明(せいめい)の十二天将・騰蛇(とうだ)だった。

「なっ」

折れた刀を見て瀧夜叉姫が絶句する。

そこへわずかに遅れて晴明と実資(さねすけ)が、天后(てんこう)に手を引かれて出現する。

実資の姿を見て蜘蛛丸が驚愕(きょうがく)する。

「な……っ。貴様は不死身なのか」

「おう。祭りの日に俺を刺してくれた蜘蛛丸か。いろいろあってあの世から追い出されたんだよ」

晴明が右手を刀印にし、左手に呪符(じゅふ)を構えつつ、藤太のそばにつめる。

「お怪我(けが)はありませんか」

「かたじけない。安倍(あべの)晴明どのでよかったかな」

「名を覚えていただいていたとは、恐縮です」

「遠くからお姿を拝するくらいでしたが」

瀧夜叉姫の狙いを考えたときに、中心は父である将門の仇討ちであり、一門の復興のはずだった。

仇と考えられるのは、直接に将門と戦った平貞盛、俵藤太、藤原為憲。あとは密告をした源経基。これらの関係者のところへ、晴明は十二天将から何人かを見張りとして出していたのだ。

そのうち、藤太のところへ瀧夜叉姫が現れたというわけだった。

安倍晴明の名に、瀧夜叉姫たちが明らかに動揺した。

「姫。安倍晴明が出てきたとなると少し分が悪い」

と夜叉丸が進言する。

「おっと。逃がさねえよ。実資がずいぶんかわいがってもらったみたいだし。ここでけりつけようぜ」

と騰蛇が指を鳴らした。

瀧夜叉姫が怒りに顔を歪め、印を結んだときだった。

「おおーい。今日のところはそのへんにしておいたらどうだ」

と、気の抜けるような老爺の声がした。

見れば、中庭に襤褸姿の老爺、道満が入り込んでいる。

「爺、何しに来た」

と瀧夜叉姫が吠える。

「ほっほっほ。威勢のいい姫じゃな。一応、教えておいてやろう。わしの名は蘆屋道満という」

「黙れといっているだろう、爺」

瀧夜叉姫の言葉に、道満の目がそれとわからぬほどに危険な光を帯びた。

道満はすでに本気に見える。

実資は額に汗がにじんだ。

晴明。

瀧夜叉姫。

道満。

それぞれがそれぞれに対していつでも必殺の一撃をたたきつけられる態勢にある。

三すくみとはこのことだった。

道満が数歩歩いて、続ける。

「おぬしが、五月どのが無茶をするのではないかと、親父どのが心配しておったぞ」

反射的に言い返そうとした瀧夜叉姫の動きが止まった。

「いま、何と言った」

「だから、『五月が無茶をするのではないか』と将門公は心配されていたぞ」

「われを五月と……。どこでその名を」

「将門公が教えてくれたのだよ。あ、知らなかったかな。将門公はわしが甦らせた」

「何だと？」

瀧夜叉姫が見ていてかわいそうなくらいに動揺している。

「一緒に藤原純友も甦らせたのだがな、今回は二年もかからずあっさり討伐(とうばつ)されてしもうた。――神剣は強すぎるな、晴明よ」

「おかげで純友と将門のふたりを同時に相手しなくてすんで助かりましたよ」

と晴明がけろりと答える。

瀧夜叉姫はひとり、荒い息を繰り返していた。

「父が、将門が甦っただと……？」

「もうしばらくしたら出てくる。おぬしに会いたがっておったぞ」

道満が言い放つと、瀧夜叉姫は歯ぎしりしながら右目をきつく押さえるようにした。

「将門が、すでに甦った……。では、われは一体何のために――」

明らかに様子がおかしい。

「いかん」と夜叉丸が瀧夜叉姫の身体を肩に抱え上げた。「蜘蛛丸、逃げるぞ」

「え？」

「姫が消耗しているのがわからんのか」

夜叉丸が呪符をばらまく。ひとつひとつがすぐさま煙に変わった。ごく初歩的な手だが、煙が消えたときには瀧夜叉姫たち三人も姿が消えていた。

「逃げたか」

と騰蛇が悔しげにしている。

「道満もいないな」と実資。

「どさくさに紛れて、逃げたのでしょう」

辺りはすっかり暗くなっていた。

宵（よい）の明星が輝いている。

晴明が呪符を下ろすと、様子をじっくり見ていた藤太が厳しい表情で質問してきた。

「先ほどのやりとり……。将門が甦ったというのは？」

「まことのことです」

と晴明が冷静に答え、これまでのいきさつをざっと話した。

聞き終えた藤太は、一同にここで待つように伝え、奥へ一度下がった。

戻ってきた藤太は手に細長い箱を持っている。

「将門が甦ったのなら、この太刀を持っていかれるがよい」

「これは……？」

藤太が箱を開けた。中には黄金作りの太刀が納められている。

「これはわしが竜女から授かった黄金の太刀・遅来矢。将門と戦い、傷つけた太刀である」

「何と」

「先ほど将門の娘が来たとき、わしはもう年だから殺されてもよいが、この太刀だけは渡してはならないと固く心に誓っておった。だが、ここでわしとともに死蔵するよりはおぬしらに渡したほうが役に立つだろう」

晴明が深く頭を下げた。

「貴重な品をありがとうございます。きっと役立てます」

本来なら頼光が持つのが適任だろう。しかし、頼光はまだ瀬戸内海での討伐から帰ってきていない。

黄金の太刀は実資が預かることになった。

京外にある隠れ家で、瀧夜叉姫は怒り狂っていた。

「夜叉丸！　夜叉丸はいないか⁉」

蜘蛛丸がそばでおろおろしている。

「姫さま。落ち着いてください。夜叉丸はいま外へ出ていますが、すぐ戻りますので」

「ええい！　早く連れてまいれ」

「姫さま」

瀧夜叉姫は悔し涙を流した。

「われは父・将門を甦らせようとかかる戦いを始めた。しかしすでに父は甦っている」誰にも話していない彼女の幼名・五月を道満が知っていたのが何よりの証だ。「ならば、われがやろうとしていることは何の意味があるのだ」

貴船神社で丑の刻参りを重ね、満願二十一日目に天啓を得て、力を授かった。

その力の導きのままに一度、下総に戻って夜叉丸と出会い、蜘蛛丸と出会った。

それなのに。

何のための復讐で、誰のための復讐なのか。

「それは――」

「父が甦ったなら、父のところへ馳せ参じ、ともにこの国を新しくしたい――それがわれの願いだ。それなのに、夜叉丸は相ならんと止める。一体どういうことなのだっ」

「落ち着いてください、姫さま」

と蜘蛛丸がなだめていると、夜叉丸が戻ってきた。

「姫。ずいぶんと荒れていらっしゃるようですな」

「夜叉丸ッ」

吠える瀧夜叉姫に、鬼面の夜叉丸は右手をあげて制した。

「声が外まで聞こえます」

「ぐっ……」

「貴船神社で神の荒魂より力を授かった。姫は並みの人間ではないのですぞ」

「………」

瀧夜叉姫は舌打ちし、視線をそらした。

夜叉丸は彼女の視界に回り込む。

「思い出されよ、姫。貴船神社でこれまで神の力を授かった者がおりましたか」

「──おらぬ」

「さらば、その姫の力は神の力に等しいと言える」

瀧夜叉姫は強く夜叉丸を睨んだ。

「ならば問おう。われは一体何歳なのだ？」

鬼面の中の夜叉丸の目が細くなり、蜘蛛丸が不思議そうにした。

「姫さまは二十歳くらいではないのですか」

瀧夜叉姫は夜叉丸の衿を摑む。

「今日行った俵藤太がわれを見て言った言葉。さらにあやつは齢百歳近いと言っていた。藤太は父を討ったときにすでに五十歳。父が死んでから五十年弱が経ったことになる。それなのに娘のわれが二十歳というのはおかしいではないか」

「…………」

「言え、夜叉丸。貴船神社にてわれの身に何があったのだ」

しばらくして夜叉丸が口を開いた。

「わかった。話そう」

「…………っ」

瀧夜叉姫が乱暴に夜叉丸を放した。

衣裳の衿を直しながら、夜叉丸は言った。

「あの日、貴船神社で姫に働きかけた荒魂は磐長姫命のもの。そして磐長姫命とは天照大神のもうひとつの顔。つまり満願二十一日目に姫が授かった力は、天照大神の荒魂・撞賢木厳之御魂天疎 向津媛 命の力そのもの」

「天照大神の荒魂？　天照大神といえば帝の神ではないか」

「神は御利益をもたらすだけではない。自らに従わぬ者を厳しく罰するのもまた神。地震、日照り、蝗害、津波や噴火などもこの荒魂がもたらすもの」

「われは、そんな恐ろしいものを求めたわけではない」

「選ぶのは神。姫は選べませぬ」

「…………」

瀧夜叉姫は唇を噛んだ。

「姫は神に選ばれた。しかし、その荒魂はあまりにも強大。故に姫はその力を得てから三十年近く、眠り続けた――。姫の外見と将門公が亡くなってからの年数に齟齬があるように思えるのはそのせい」

「信じがたい話だが……」

「しかし、姫が人ならざる力をお持ちなのも事実。それはどこで授かったか」

「……貴船神社だ」

ここで夜叉丸は瀧夜叉姫がじっくりと事情を飲み込むのを待つように、ゆったり構えた。

三十を数えるほどの時が経って、夜叉丸が言った。

「将門公の恨みを晴らさんとの願いに神が手を差し伸べた。しかし、その力はもっと巨大な力。姫が天照大神の荒魂を受けたことの意味がわかるか」

「……わからぬ」

「天照大神は帝の元にはいない。姫こそがこの国に太陽をもたらす真正のアマテラスである」

それ自体が神託のように、夜叉丸が熱っぽく宣言した。

その頃、平将門は自らの力を試すべく、葛城山をさまよっていた。

そばに、道満がいる。

「この辺りは仏教伝来に伴い、敗れていった物部系の者どもが土蜘蛛の一族となって土着している」

『土蜘蛛……』

夜だが、星明かりが道を教えてくれていた。

「自らをこの国の神の末裔と考えている連中であり、人を取って食うような悪人どもじゃ。将門公が力試しに暴れても、誰も文句は言うまい」

道満が言い終わる前に、左右の木立が震え、人が飛び出してきた。

人と表現したが、都を行き交う人々とは違う。

猿のように背を丸め、粗末な衣か獣の皮を巻き付け、貧弱な武器を持った者どもだ。

『これがこの国の神の末裔か』

土蜘蛛一族が将門を取り囲む。将門は腰に差していた太刀を抜いた。道満が適当に見繕ってきたものだった。

「しゅううううう」

土蜘蛛たちは口から妙な音を発している。呼吸音のような、威嚇するうなり声のような、隙間風のような不思議な音だ。

『うるさい』

将門はのんびりと、まるで釣り糸でも垂れるように太刀を振り上げ、振り下ろした。

たったそれだけの動きで、五人の土蜘蛛が死んだ。

残る者どもはいったん怯んだが、それより仲間を殺された憎しみのほうが勝ったようだ。

結果辺りにいた土蜘蛛どもは一斉に将門に襲いかかり、絶命した。

一方的な斬撃。辺りに血の匂いが立ちこめ、さすがの道満も顔をしかめた。

「お見事」とは言っておく。

将門は太刀を右手のみで振るうと、向こう一間ほどの木が倒れた。

道満は内心、肝が冷えた。

歴史書のどこをひっくり返しても、将門がこんな力を持っていたとは書かれていない。

それとも、甦るときに何か身につけたのか。

いずれにしても、超人的な力と霊能の持ち主である。

ここまで突き抜けてしまうと、道満であっても技量を比べてみたいとも思えない。

娘の話をして、将門の感心をそちらに向けることで「娘を案ずる父」の範囲に力を制限するように仕向けてこれであった。

土蜘蛛どもの本拠地はもう少し先だ。この虐殺はすぐに伝わるだろう。怒りに燃えて襲ってくるか、恐れをなして逃げるか……。

ところが意外なことが起こった。

将門が太刀を納め、踵を返したのだ。

『弱い者いじめのために甦ったのではない』

一瞬呆然とした道満だったが、なぜか腹の底から笑いがこみ上げてきた。

よい男だなと思う。

こんな笑いがこみ上げてきたのは、そう、あの日記之家の若造に初めて会ったとき以来だった。

「左様じゃな」

道満はどこか楽しげに将門と行動を共にする。

だが、そんな気分はすぐにどこかへ飛んでいくことになる。

都に戻った将門は、自分からわざわざ名乗り、兵を集めさせて戦いに興じたのである。

差し向けられた二百の兵をあっという間に粉砕すると、『そろそろ寝よう』と誰も住んでいない京外のあばら屋へ引き上げて行ってしまったのである。

当然ながら都は恐慌となった。

「平将門が甦った」

「都中の者を皆殺しにするつもりだ」

「平安京（へいあんきょう）はすべて火の海と化すぞ」

「いやいや。将門といえど、首まではねられて生き返るはずがない」

そんな噂（うわさ）で持ちきりとなった。

道満はそんな都の様子を将門に伝えてみたが、将門は興味なさそうに鼻を鳴らすだけである。

暑い夏のさなか、川に飛び込んで身体を洗い、ついでに魚をたくさん捕まえてきた。

かと思えば、都攻めの方策を本気で練り始めたりする。

読めない。

道満がここまで難儀する相手は初めてだった。

道満は尋ねてみた。

「将門公はこの国を手中に収めたいかね」

『くだらぬ』

将門は言下に答えた。

「くだらぬか」

『くだらぬ』

と繰り返した。

『逆に問うが、道満はこの国を欲しいかね』

「なぜかね」

「くだらぬ」

『くだらぬだろう』

「くだらぬな」

それだけでは愛想がないと思ったのか、将門が付け加えた。

『道満は、俺の一生を知っているのか』

「ひと通りは、知っている」

『俺の一生はたしかに戦いの連続だった。父の像を担がれたとき以外は、まず勝った。けれども、自分から領地を欲して戦ったことはない』

将門の戦いは、朝敵となるまでは基本的に坂東における一族のいざこざに巻き込まれた出来事の域を出ていない。

「ほんとうは戦いは嫌いなのか」

『あまり好きではないな。しかし、戦うとなったら徹底して戦い、最後の一兵まで叩き潰す』

それを戦好きというように思ったが、言わぬが花である。

「なぜ朝敵になった」

『唆されたのよ』

「ふむ？」

『興世王という男がいた』

「知っておる。自称・皇族の嘘つきじゃろ？」

すると将門が大笑した。

『はっはっは』

目に涙まで浮かべている。

見ている道満まで笑いがこみ上げてきた。

「ふふ。そんなにおかしかったかね」

『ああ、おかしかった』と将門は涙を拭う。『もしあのときに、俺のそばにおぬしがいてくれたら、俺はきっとあの嘘つきの口車に乗らなかったろうな』

「ふむ……」

将門は不意にしんみりした声になる。

『俺は摂関家にも仕えたが、しょせん坂東の田舎者だったのかもしれぬ。あの興世王の不実を見抜けなかったのだからな』

「興世王がおぬしを朝敵にしたようなものか」

『俺の立場から言えば、そうなる』

ふっと会話が途切れた。

途切れたので話題を変えることにした。

「瀧姫に会ったら、どうする？」

ずいぶん元気であったことは、伝えてある。

『知れたこと。わがままを言う子は尻をたたいてやらねばならぬ』

「尻をたたくか」

『興世王も死んだのに、そやつにたぶらかされた俺のように生きて何とする、とな』

「そうか」

『五月という幼名でな。草笛が好きだった。それと、左手にほくろがあってな。それを気にしていた。ほくろがあっても、五月はかわいい子だとよくあやしたものだ』

「ほうほう」

おもしろい男だな、と道満はますます将門が好きになってきた。

『そういえば道満は、かなりの陰陽師なのだよな』

「そこそこじゃよ」

将門が無邪気な笑顔になった。

『俺と法力比べをしてくれないか』

「断る」

『どうして』

「まだ死にとうないでな」

将門が再び大笑した。

かくの如く、将門は恣に振る舞い、誰も止められないのである。


晴明の邸では、実資が苦り切った顔をしていた。

「どうした、実資。そんな顔をしていたら幸せという幸せが逃げてしまうぞ」

いつもの柱にもたれながら晴明が笑う。

「晴明よ。おぬしは気にならないのか」

「将門のことか」

「そうだ。娘のほうは相変わらず藤原家を中心に貴族どもに呪をばらまいているが」

「そちらだけでも手一杯だがな」

六合が、実資の前に金椀に削り氷を入れたものを出してくれた。

「暑いですね。蜂蜜をかけてあります」と六合が涼やかに微笑む。

「恐れ入ります」と実資は匙で削り氷を口に運んだ。

ほろほろとほどけながら、口の中を冷たくしてくれる。蜂蜜の香ばしい匂いと甘みは、それだけでは暑い夏にしつこく感じるが、削り氷と合わせると爽(さわ)やかこの上なかった。

晴明も削り氷を食べ始める。

「将門は何が狙いなのかな」

「それは、朝廷への叛乱(はんらん)だろう。純友と同じように。――あ、頭が痛い」

「ふふ。一度に急いで食べるとそうなるのだ。――本当に叛乱が望みなのだろうか」

「え？」とこめかみを押さえながら実資が聞き返した。

「叛乱をしたいなら、とうに始めていると思うのだがな」

晴明がそういったとき、中庭からいつものように声がした。

「くっくっく。さすが晴明。よく気づくわい」

しわがれた老爺の声。蘆屋道満だった。

今回も松の枝に座っている。

六合が聞こえよがしに舌打ちした。「不浄の者め」

晴明が苦笑する。

「道満どの。わが邸の松は腰をかける床几(しょうぎ)ではありません」

「おうおう。そうじゃったな」

と道満がふわりと跳躍し、簀子(すのこ)に座った。

「食べますか」と晴明が食べかけの削り氷を差し出す。

「おぬしの食いかけではなぁ……」

「それでは私がいただきますね」と晴明は匙を動かす。

「何をしに来たのだ」

と実資が言うと、道満は実資の手元をのぞき込むようにした。

「お。日記之家もいいものを食っているな」

「やらんぞ」

「けちじゃな。吝嗇は地獄に堕ちるぞ」

「……食いたいのか？」

「ただの冗談じゃ」

削り氷をさらりと食べきって、晴明が尋ねる。

「将門のことで何かお話しになりに来たのではありませんか」

「そうそう。話をしよう。だがその前に」と道満がにやりとした。「女王殿下にもご臨席いただきたい。室生寺での拾いものと一緒に来てくれと言って呼んでくれ」

晴明は天后を遣わして、婉子をすぐに連れてくることを選んだ。

天后はもともと航海の安全を司る女神である。そこから転じて、誰かを連れてどのような遠隔地へも瞬きする間に移動できた。

その力で婉子はいきなり晴明の邸に連れてこられたのである。

「このようなこと、初めてで。胸がどきどきしています」

と笑いながら実資に訴えたが、蘆屋道満がいるとわかると身を固くした。

「女王殿下。ご機嫌麗しく」

「ございません」

婉子、にべもない。

道満は頰を掻いた。「そういえば、室生寺の拾いものがないようだが？」

「何をおっしゃっているのですか？」

六合が婉子にも削り氷を出した。

「まあよい。いきなりあれがいなくても、話は進められる」

「そうしましょう。まずお聞きしたいのですが、いま将門はどうしていますか」

と晴明が尋ねると、道満が首をかしげた。

「さて。鴨川で水浴びをしているか、魚を捕って焼いて食っているか。あるいはこの前手に入れた酒を楽しんでいるかも知れぬ。たぶん都に攻め入ってはいないと思うが」

「ずいぶんいい加減な返事だな」と実資が皮肉を込めて言う。

「仕方ない。あれはほかの者が同行しようとしても無理じゃよ」

実資は目を丸くし、晴明が笑った。

「ふふふ。道摩法師とも称されるお方が、平将門にはかないませんでしたか」

「ちょっと人間の中身が違いすぎるわえ」道満が総髪を掻いた。「とはいえあまり時間もない。晴明よ。いくつかここにいる者たちに教えてやってほしい」

「できることでしたら」

道満は問うた。

「なぜ、陰陽寮は『省』とならなかったのか」

「律令には、陰陽省がないからです」と晴明が答えると、日記之家の主たる実資はうなずいた。「けれども、それは表向きの理由。裏の理由としては陰陽師を目立たせたくなかったから」

おや、と実資が目をすがめる。

「なぜ目立ってはいかぬ？　すでに十分目立っていると思うが？」

これにも晴明は明瞭に答えていく。

「朝廷の祭祀を司る神祇官の目にとまりたくないからです」

「帝と内裏を守っているのに、なぜ神祇官と一線を画する？」

「神祇官は突き詰めれば神社の神々の祭祀。陰陽師はそうではないからです」

実資は眉をひそめた。先日の、貴船神社にまつわる晴明の話がなかったらちんぷんかんぷんだっただろう。だが、そのときの話のおかげでなんとかついて行ける。

神は祟る。

この国の神はことごとく「祟り神」の顔を荒魂として隠し持っている。

それどころか、イワナガヒメの言葉を借りるなら、もののけと言われているものたちは大なり小なり「祟り神」のような神の荒魂の別の呼び方のようでもあった。そのような千変万化の姿こそ「神」だとすれば、神は祟るだけでなく騙す者でもあり、ますます「もののけ」めいてくる。

天狗などと呼ばれるものも、そのように考えられるのだろう。

その祟り神たちの祭祀者ではない陰陽師がいなければ、荒ぶる神々を止めることはできない……。

「なぜ陰陽師は弘法大師・空海が持ち来たらした『真言』をも駆使するのか」

真言とは、梵語（サンスクリット語）のマントラを訳した語である。

仏の真実の言葉、秘密の言葉という意味を持つ。

御仏の真実の教えは大宇宙の理法そのもの。

ゆえに、人間の言葉ですべてを表しきれないとされる。

だが、方便として人の言葉に秘された教えを盛り込み、深く禅定するなかでその教えに肉薄しようとしたのが密教における真言の考え方である。

密教僧たちは真言を学ぶと共に、ときとして真言の力を用いて諸如来諸菩薩の力を顕現させる。大きくは鎮護国家の大法であり、小さくは個人の病気平癒や悪鬼退散、呪詛返しの祈禱などで唱えられる。

同様のことを陰陽師もする。

たとえば、つい先日もイワナガヒメに対するに、晴明は密教の仏尊のひとりである愛染明王の真言を用いた。

「陰陽師は気まぐれな神の奇跡に頼っているのではなく、陰陽道という独特の技術と、天文と暦の心を読むなかに生ずる法力である威神力によっている。それは神社の神々よりも釈迦大如来が説き来たり説き去った宇宙の真理そのものと密接に関わっているから」

ゆえに、本来、陰陽師には密教僧と変わらない心の探究が求められてくる。

このあたりは秘中の秘であり、「どのようにしたら陰陽師になれるか」という書物は書き著されていない。

さらに道満は続ける。

「どうして陰陽寮以外のところに、わしのような法師陰陽師が発生したのか」

「難しい問いですね」と晴明が苦笑した。「官人陰陽師は陰陽寮所属の陰陽師ですが、異動しても身につけた法力は失われないので、それを生かした者たちがいたでしょう。さらに法師という言葉の通り、仏法を学んだ陰陽師という意味も持っています。それはもっと大きく、この国の歴史自体と関わってくる――」

同時に、誰しもそのような超自然の力、霊能の力を秘めているのである。

だからこそ、野放しにした場合、危険が生じる。

包丁で料理ができることを知っている人間には、包丁は便利な道具だ。

しかし、包丁で生き物を傷つけることしか知らない者には、包丁は危険このうえない道具でしかない。

同じように、霊能、法力、威神力というものは一定の修行をすれば多少なりとも身についてくるものだが、それを下支えする本人の心の力がなければ、逆に「神」を称するものに操られて自分が自分でなくなってしまう……。

そこで晴明と道満のやりとりが一息ついた。

道満は実資と婉子を見た。「わからぬところがあったら晴明に説明を求めよ」

実資が小首をかしげた。

「わからぬというなら、この問答は一体どういう意味があったのだ」

道満が答えた。「瀧夜叉姫を落とすために必要なことだからじゃよ」

実資は晴明を見た。晴明が苦笑して補足する。

「先日も話したとおり、陰陽師は神祇官管轄ではない——厳密には神道に仕えるものではないのさ」

「そういう話であったな」

「先日よりかんたんに、直截(ちょくせつ)な言い方をすれば、われら陰陽師はむしろ、神々を抑えるものだということさ」

「怨霊（おんりょう）とかを祓（はら）うからだよな」

「神祇官にも祓いはある。しかしそれはどちらかといえば、これから悪いものが憑（つ）かないようにという予防であって、現実にもののけ、あやしのものが憑いたときに善悪を峻別（しゅんべつ）して祓うのは陰陽師の仕事」

　実資は少し上を見ながら自分の考えをまとめるように、

「わが国においては、この世で力が強かった者が神とされ、この世に強い恨みを持った者も神として祀っているのだよな？」

「そう。そして、われら陰陽師の祖である吉備真備（きびのまきび）は、さらにその父祖より、聖徳太子（しょうとくたいし）からの秘伝を伝えられてきたとされている」

「聖徳太子の秘伝？」

　実資はふと、いつかの折に藤原顕光が聖徳太子をあしざまに罵（ののし）っていたのを思い出した。

　晴明はやや話題を変えた。

「女王殿下の前で申し上げるのも心苦しいのですが、過日、花山帝（かざん）が落飾されたときに、藤原兼家（かねいえ）は自らの子らに命じて三種の神器を後宮の凝華舎（ぎょうかしゃ）に移し、今上帝（一条帝）の即位はなったと宣言しました」

　婉子が無言でうなずく。

いまから二年前の寛和二年六月、花山帝は突如と言っていい形で剃髪し、出家した。このとき花山帝は十九歳。もともと奇矯の性質のある人物ではあった。帝でなければ入れない高御座に即位前に女官を引き込んで情事に及んだり、即位式において「重いから」という理由で冠を脱ぎ捨てたりした。

そのような帝だったが女御・藤原忯子という寵姫が子を懐妊したまま亡くなったことを契機に出家を考えるようになる。

奇矯の帝でも治政がすぐさま混乱しなかったのは、熱心に帝を支えた忠臣がいたからだった。

彼らは忠臣であると同時に、帝のおかげで権勢を振るえる面も持っている。

だから、帝の出家の意向を止めようとしていた。

そのため、道長の父である藤原兼家が策略を巡らしたとされる。

まず蔵人として花山帝の近くにいた三男・道兼が「共に出家します」と帝を連れ出した。花山帝を遠い寺で剃髪させてしまっているあいだ、宮中では当然ながら大混乱となった。騒ぐ貴族たちを閉め出すように抑えつつ、兼家は一気に事を運んだ。

数え年七歳の懐仁親王のいる凝華舎に、兼家の長男・道隆と次男・道綱が神璽と宝剣を運び込み、懐仁親王を即位させてしまったのである。これが今上帝だった。

「それがどう関係してくるのだ」と、婉子がかわいそうで実資が思わず口を挟んだ。

晴明が続ける。

「その三種の神器——すなわち八咫鏡、天叢雲剣、八尺瓊勾玉——だが、誰も目にすることができないとされている」

「ああ。それだけ畏れ多いものだからだな」

「このうち八咫鏡は帝の祖先神である天照大神のご神体そのものともされているが、こんな話がある」

第十代の帝である崇神帝の時代の話である。

即位五年のとき、ひどい疫病が流行した。当時の人口の半ばが失われたというからとてつもない。

そのときに崇神帝はある啓示を受ける。

祭祀をもって疫病を治めよ。

ただし、宮中から天照大神と倭大国魂神を外へ出すべし……。

「どういうことだ」と実資が目を丸くした。婉子も同じような表情をしている。

「要するに天照大神は祟るということと、さらに上位の神霊がいるということを、当時の帝は知っていたということさ」

これにより、天照大神、そのご神体とされる八咫鏡は宮中から出され、宮中には本物を模した形代が残された。

そもそも天照大神は男か女かもわかっていない。機織り伝説で見れば女神のように見えるが、天岩戸伝承において裸体に近い天宇受売命の踊りに興味をそそられる神ならば男神のほうがつじつまが合いそうではある。

伊勢神宮にいったん遠ざけられて祀られていたアマテラスという太陽神の地方社を、皇室の祖先神に押し上げたのは飛鳥の時代の天武帝の功績が大きいとされる。

天智帝の後継を巡って弟の大海人皇子と、息子である大友皇子によって壬申の乱という古代史上最大の内乱が起こった。

結果として、反乱した側の大海人皇子が勝利し、天武帝となる。

このとき天武帝は、地方の一神社でしかなかった伊勢神宮のアマテラスに戦勝祈願を立てたとされ、自らの勝利はアマテラスの加護によるものと考えたのである。

天武帝は自らを頂点とした新しい身分秩序として八色の姓を作り出したが、同じように神々においてもアマテラスを頂点とする秩序を作ろうとしたのである。

律令国家が成立するに伴って、アマテラスは国家神または皇祖神とでも言うべきものへ変容していった。

「変容とは？」と実資が問うた。

「たとえばアマテラスを神々の頂点に立つと定めても、もともと宗教的には究極の根源神ではなかった。聖徳太子口伝のわれらの伝承によれば三万年の歴史を持つわが国の本当の根源の神は天御祖神だからな」

「なるほど」

「さらにアマテラスは国主だとする考えも出た。国と帝を守るだけでなく、ときに介入する神として『日本国主天照大神』という名称さえ用いられたのだが……」

晴明がため息をついた。

「どうした？」

「崇神帝らの頃には周知であった、アマテラスの祟り神としての性格――疫病を起こし、火山を噴火させ、地震や津波、蝗などで人々を罰し、従わせる側面が隠されていったのさ」

あたかも幾重にも仮面をかぶるように。

その名残とも言える考えが、和魂と荒魂の関係とも言えた。

「祟る神という点で、わが国の神々は共通しており、その頂点がアマテラスなら、それは最大の祟り神であるとも言えるわけだな」と実資が自分なりにまとめた。

「しかし、アマテラスはその仮面を暴かれることをよしとしない」

「ふむ？」

「その仮面が暴かれそうになった最大の危機が、仏教伝来さ」

「外国から来た違う教えですね」と婉子が言うと、道満が訂正した。

「正確に言うなら、教えというものを持つ初めての宗教の出現じゃよ」

「え？」

「女王殿下よ。神道の教えとは何か、話せますかな？」

婉子は答えようとして、言葉にならないでいる。

「神道には仏教のような教えがないのですよ」と晴明。

「そう言われてみれば……あるような、ないような……」

具体的に天照大神がどのような教えを説いたか、稲荷(いなり)大明神の教えとは何かと聞かれたら、説明に窮するだろう。

強いて言えば、五穀豊穣や子孫繁栄などのご利益が説かれてはいる。

しかしそれらは、教えを学び、教えに従った結果の部分であって、教えの本質ではないことは釈迦大如来の教えと比較すればわかることだった。

さらにこの「ご利益」は厄介な面を持っている。

神が神として認められるためには「ご利益」を与え続ける必要が出てしまうのだ。

だが、善人が必ずしもこの世で恵まれた人生を生きるわけでもないし、悪人がこの世では栄華を極めて逃げおおせることもある。仏教ではそのことを誠実に認め、「それこそが来世の報いというもののある証明なのだ」と来世の実在を訴える。

しかし、五穀豊穣の神は、この世での幸不幸しか与えられない。

これでは、この世の支配者と変わらなくなる。

ご利益信仰の行き着く先は便利で快適な暮らしを求めることであり、それは「神がいなくてもご飯がたくさん食べられて家族が元気ならいいではないか」という神を否定する考えと、実は通じ合ってしまう。

そのため「人間にご利益を与えるのが神だ」「神ならば人間を幸せにして当然だ」という極端に傲慢（ごうまん）な考えをも助長してしまう。

本来、慈悲としてこの世の幸せを与えていたはずの神が、この世での生存がすべてだと考える人間の道具に成り下がる。

そのため、「神は祟る」。

天変地異や異常気象、米の不作など、「この世の出来事」で人を罰し、反省させることしかできなくなる。

ところが、教えとして説かれた御仏の存在はそれらを超越している。

三世を超えて仏法は人々を導く慈悲となる。

この世を生きる心の境涯が、あの世の行き先を決めるという教えが、この世での生存競争を超えて他者への慈しみの心を育む。

もちろん、釈迦大如来の教えにはこの世を幸福に生きるための考え方もたくさんあったし、人々の生活を潤すための灌漑（かんがい）の知識や医学も含まれていた。

それらも、あくまでもこの世での幸福が来世の幸福にもつながるようにという、釈迦大如来の智慧と慈悲の表れとして教えが成り立っているのだった。

「聖徳太子は教えの力で国を平定しようとした。しかし物部の系統はそれを拒み、そのようなことをすれば神々が祟ると脅した」

これは地上の物部たちが言っていただけではなく、現実にこの国の神々がそのような意見だったのだろう。

「ううむ」と実資が腕を組み、うなる。

「神道では黄泉の国は知られているが、仏教ほど明確に地獄は説かれていない。なぜか。御利益信仰が中心になる神々なので、現世での祟りが地獄に相当するからさ」

「そういうことなのか」

晴明が檜扇を小さく開き、口のそばに当てた。

「地獄がわからぬとは、悪がわからぬということ。善悪の区別が弱いことと同義になる」

「それは……」

「この国の歴史を別の角度から見れば、天においても地においても、御仏とその教えをもって人びとを平定しようとする力と、御仏の教えを排斥しようとする土着の神々の戦いの歴史だったのさ」

晴明が話し終えると、母屋は静かになった。

しばらくして、実資が言った。

「あまりにも大きな話で、すぐには理解が及ばないところがあるのだが……」

道満が笑う。

「ほっほっほ。秘伝中の秘伝をいきなり話されたのじゃ。無理からぬことよ」

「そうなのか」

「うむ。さてここで話を瀧夜叉姫に戻そう。――瀧夜叉姫は貴船神社で何を授かったのか。あの姫はどう見ても二十歳程度。ところが将門が討伐されたのは五十年近く前の話じゃ」

「ああ、そうだ」と実資が手を打った。「瀧夜叉姫を見て何か妙な感じを覚えていたのだが、年のことだったか」

「そして最後にもうひとつ――なぜ『将門の娘・五月』が選ばれたかじゃ」

道満の言葉に婉子がはっとなる。

しかし、道満は晴明のほうに顔を向けた。

まず答えを晴明から、ということらしい。

「瀧夜叉姫が貴船神社結社の磐長姫命の荒魂を受けたという話、おぬしらにはしていたな」

「ああ。覚えている」

婉子もうなずいていた。

「だがそれだけでは、時が止まるほどの強烈な神の力とはならないだろう。神の力の根源は人々の信仰心だから、瀧夜叉姫の年齢を三十年近く止めるほどの力を持つのは――」

「アマテラスだと言うのか」

晴明がうなずく。

「考えるに、どこにも書かれていないことだが、磐長姫命がアマテラスの一側面だったとしたら――瀧夜叉姫が受けたのは磐長姫命の荒魂ではなく」

「アマテラスの荒魂……」

「はっきり言ってしまえば祟り神としてのアマテラスの力だな」

会話が途切れた。

辺りは日が落ちて夕日の名残りが西の空を丹色にしている。

「道満どの」と婉子が声をかけた。

「うむ？」

「先ほど『将門の娘・五月』とおっしゃいましたか」

「左様」

婉子が軽くうつむく。「どうしたのですか」と実資が心配して問うた。

大丈夫です、と微笑んで、婉子は道満に言った。

「その名に聞き覚えがあります。道満どののすすめで室生寺に行ったときに、身寄りのない女童を預かってきました。その子の名が五月というのです――」

そのときだった。

雷鳴のような迫力の男の声がした。

『話は聞いたぞ』

道満が顔をしかめた。

「平将門ッ」

「門からだ」と実資が立ち上がる。

『わが娘を、祟り神になどさせぬッ』

男たちが慌てて門へ行くと、赤銅色の肌の将門が太刀を振りかざして門扉を破壊するところだった。

耳をつんざくような音がして、門扉どころか門全体が吹っ飛んだ。

「なんて力だ」と螣蛇が出現し、剣を構える。

「これが平将門……」

実資が初めて見る将門に呆然とつぶやいた。

「おい、将門よ。わしらはおぬしの娘を祟り神にしようなどとしておらぬ。どうやったら祟り神にならずにすむかという話をしておったのじゃぞ」

『黙れ、道満』

将門が太刀を右手だけで持ち、左手を道満めがけて突き出した。刹那（せつな）、道満が鞠（まり）のように飛ばされ、崩れた門の瓦礫に激突する。

「道満っ」実資が叫んだ。

瓦礫の中から道満が身を起こす。「まったく。まだ死にとうないといっておろうに。娘のことになると頭に血が上りおって」

その間に騰蛇が斬りかかるが、すべて将門の太刀で受け流されている。

晴明が叫んだ。

「天后。女王殿下の邸へ赴き、室生寺で出会った女童を連れてこいっ」

「承知」という幼い声が空中から聞こえる。

『何をごちゃごちゃと。ちょうどいい。安倍晴明。力比べをしようぞ』

将門が太刀を振り下ろす。

晴明が大きく飛び退く。

大地がえぐれた。

「できれば私もごめん被りたいところです」

『ちょこまかとッ』

将門が動き、太刀を振るうたびに、晴明の邸の何かが破壊されていく。

実資も刀を抜いたものの、途方に暮れていた。

「どうしたらいいんだ」

そのときだった。兄さま、という声がして天后が実資の隣に出現した。

一緒に女童を連れている。

実資は慌てた。

「こんなところに来ては危ないっ」

その声に、将門が気づいた。

『何だ』とこちらにやってくる。

実資は将門に背を向けた。天后とその女童を抱きしめるようにして、将門から守ろうとする。

だが、女童はするりと実資の腕を抜け出した。

数歩、将門に近づいて止まる。

将門と女童の間に割って入ろうとする実資を、晴明が止めた。

女童はじっと将門を見つめていたが、ふとそばにあった葉をちぎると小さな唇に押し当てた。

やさしく懐かしい音色が辺りに響く。

草笛だった。

その草笛の音を聞いた将門に劇的とも言える変化があった。

突如として太刀を落とし、両膝をついて泣き出したのである。

『おお、おお……。この草笛、そしてその左手のほくろ。わが娘、五月ではないか』

将門が両手を伸ばす。五月は草笛をやめると、将門の腕の中に飛び込んだ。

「父上」

『おお……五月――』

巨人のごとき体軀の将門が、小さな愛娘の草笛に涙を流していた。

晴明がそっと近づき、語りかけた。

「平将門どの。この子はおそらくおぬしの娘の魂の一部。本体のほうはこのままであればおぬしごと、この国の最大の祟り神たちを目覚めさせる捨て石に使われるでしょう」

『何だと』

「力を貸してください。私たちは瀧夜叉姫を救いたい。この小さな女童の魂を、元に戻してあげたいのです」

晴明が丁寧に頭を下げる。

将門は涙を拭うと立ち上がった。

『よかろう。娘を救ってくれるのなら、いくらでも手を貸そう』

その将門の様子を見て、道満が愚痴った。

「やれやれ。やっと本題に入れるようじゃな」

それは瀧夜叉姫と再び対峙する瞬間が近づいていることを意味していた。

第四章　地蔵菩薩の慈悲

蝉がうるさい。朝から汗がしたたる。

都の暑さに蜘蛛丸は辟易していた。

それでもとどまっているのは、瀧夜叉姫が帰ろうと言わないからだった。

だが。

姫さまは変わってしまった、と蜘蛛丸は悩んでいた。

もともと激しい気性の人だった。

挨拶をしても冷たい目で一瞥されるだけだし、それすらないこともあった。

ずいぶんお高くとまっているな、と最初は思った。

けれども、平将門の娘として生まれ、まともに父の愛を知らず、母も幼くして死に別れたという生い立ちを聞き、心を動かされた。

下総にいた頃は、ときどき楽しげに笑うことがあったのだ。

それが都に出てきてからはまったくなくなった。

さらには先日の夜叉丸の話。

不思議な力を持っているから若く見えるのだろうくらいに思っていたのだが……。

あの話のあと、瀧夜叉姫は何かを思い詰め、ますますかたくなになっていた。

「われは父・将門の恨みを晴らすために都を攻める。その方針に変わりはない」

蜘蛛丸は聞いてみた。

「けれども姫さま、すでに将門公は甦っていると……」

「そやつは偽者よ。この真正のアマテラスの目はごまかせぬ。鏡に映すように見て取ってくれるわ」

そう言って瀧夜叉姫は笑った。

その笑い方は、笑いではなく、他者への侮蔑と自尊の感情の吐露に過ぎない。

もしこれ以上、瀧夜叉姫が変わっていくなら……。

蜘蛛丸は覚悟を固めなければいけないと自分に言い聞かせている。

将門が破壊した晴明の邸の門その他は、晴明の式神たちが一夜にして直してしまった。

『ほう。式というのは便利なものだな』と将門が感嘆している。『俺にも使えないだろうか』

「将門どのにはこのようなもの、必要ありますまい」

と晴明が鴨川の川辺の風のような涼しい声で答えた。

「おい、晴明」と実資は晴明の白い狩衣の裾を引っ張る。

「どうした？」

「どうしてこうなった？」

「こうなった、とは？」

と晴明が笑っている。楽しそうである。

「将門が俺たちと一緒にいるって、どういうことなのだ？」

「将門どのがわれらの仲間になったのが、それほどおかしいか？」

「……おまえ、楽しんでるだろう？」

破壊するだけして、五月の草笛に涙して、将門は晴明に——実資たちに協力することを誓ってくれたのだが。

いつ何時、また暴れ出すのではないかと思うと気が気ではない。

「そうはいっても、おぬしもそれなりに楽しんでいるようではないか」

「え？」

「昨夜は将門どのにいろいろ話しかけていたようだったが？」

「あれは、将門が生きていた頃の坂東の律令の運用について、どのようなものだったかを聞いていて……」

「ふふ。さすが日記之家の主だ」

「これからの坂東の運営の手がかりになりそうな話は聞けたがな……」

貴重な体験だったが、手放しで喜べない。

婉子が複雑な表情をしている。騰蛇も今度ばかりは閉口していた。

六合はあまり話題にしたくなさそうだ。

その将門だが、大抵は五月と遊んでいる。

赤銅色の筋骨隆々たる巨漢が、小さな女童と楽しげに遊んでいる姿は、微笑ましいのか戦慄すべきなのか。

「よいではないか。あの五月はまだ幼い頃に将門が死んでいる。あんなふうに遊んだ記憶は、五月にはないのじゃ」

道満は道満で何だか機嫌がよくて不気味だった。

その五月と将門はいま、ふたりで鬼ごっこをしている。

女童らしい歓声をあげながら逃げる五月が、実資にぶつかった。

「おっと。怪我はないかい？」

「うん」

『ちゃんと謝るのだぞ、五月』

「はい。ごめんなさい」

ちょこんと頭を下げれば、尼そぎのつややかな女童の髪が揺れる。

そのときだった。実資は五月の左手の甲にほくろがあるのを見つけた。

「おや。このほくろ……」

晴明がこちらを見る。「どうした、実資」

「いや。この五月の手のほくろ、どこかで見たことがあって……」と、しばらく首をひねっていたが、思い出した。「そうだ。夢の中に出てきた女童だ」

「夢の中の女童とは、おぬしが蜘蛛丸に刺されて意識を失っていたときだったな」

「そうだ。雛遊びをしようと言った女童がやはり同じところにほくろがあった」

五月は再び将門のところへ駆けていく。

晴明はほっそりした指を顎に当てた。

「やはりこの子が実資の夢の中にもいたのかも知れないな」

「え？」

「たしかその女童、ひどく御仏への信仰心が篤いようだったな」

「うむ」

「その子は、祟り神としてのアマテラスによってはじき出された瀧夜叉姫の心の一部だとは思っていた。ただ、なぜはじき出されたかがわからなかったが、そういうことか……」

「どういうことなのだ？」

実資が晴明に先を促したときだった。

晴明、道満が鋭い視線を塀の上に向ける。同時に騰蛇が跳ねて、何かを捕まえた。

「主」と騰蛇が捕まえたものを晴明に示す。

黒い蝶だった。

「ご苦労。——急急如律令」と晴明が印を結んで呪を唱えると、黒蝶の姿が変化していく。

「それは何だ」と実資が首を突っ込んだ。

「手紙のようだな」

「手紙？」

「『偽将門よ、七条河原へ来い。もう一度首をさらしてやる。瀧夜叉』とあるな」

内容を聞いて、当然の如く将門は激怒した。

『ふざけた手紙をよこしたものよ！』

「落ち着け、将門」と道満がなだめるが、火に油だった。

『いい年をして父親を小馬鹿にするとは、犬畜生にも劣る鬼子よッ。俺自ら、引導を渡してくれるッ』

「落ち着けと言うに」

道満が手を焼いていた。

五月は怖がって、婉子のところへ逃げる。

「とはいえ、ずいぶんひどい手紙だ」と実資も眉をひそめた。「瀧夜叉姫はもともと将門どのの仇を討ちたかったのだろう？　これでは逆に、父親にけんかを売っているではないか」

「何かあったのでしょうか」と婉子。

「何かあったのだと思いますよ」と晴明が秀麗な顔に悠然たる笑みを浮かべた。「どこかの道楽息子ならいざ知らず、この五月のような純粋な子供だったはずですから」

「どうする？　晴明」

と実資が、明王のような憤怒の顔となっている将門を見つつ、尋ねた。

「行ってみるしかあるまい」

「やはりそうか」

「そうでなければ、将門どのが納得しないだろう？」

「そうだな……」

「女王殿下にはここに残っていてもらおう。太裳あたりを護衛で残す」

「わかった」

「あと五月は連れていく。実資、あの子をしっかり守ってくれよ」

「連れていくような気はしていたが、俺が守るのか」

「ああ」と晴明はうなずいた。「たぶんあの子が、われらの切り札だ」

蟬が都を覆い尽くすように鳴いている。

鴨川は今日もごうごうと流れていた。

七条河原は都の七条大路を東に抜け、鴨川を渡ったところを指す。

六条大路の東なら六条河原、三条大路なら三条河原となる。

七条河原のさらに東には、のちに三十三間堂(さんじゅうさんげんどう)ができるのだが、この頃はまだない。ちょうど太政大臣(だいじょうだいじん)・藤原為光(ふじわらのためみつ)の邸ができたばかりである。

鴨川のおかげで風が涼しい。

牛車(ぎっしゃ)から降り、造営されたばかりの為光の邸を見て、実資が独りごちる。

「藤原為光どのか……」

為光の娘は、花山(かざん)天皇の女御(にょうご)であった藤原忯子(しし)。彼女の死によって花山帝は世をはかなみ、落飾することにつながるのだが、娘を失った為光はまだ現世にとどまっている。

娘の死の一月前には、為光は妻も亡くしていた。

いくつかの謀(はかりごと)があったからとはいえ、花山帝はさっさとすべてを捨てて出家してしまった。けれども為光はそんなこと、できなかった。なすべきことを抱えていたからだ。

花山帝もそうであってほしかった、とは言い切れない。花山帝の落飾あればこそ、実資は婉子と出会うことができたのだから。

人の世とは吉が凶となり、凶が吉となることがあるらしいということは、実資くらいの年になればわかってくるものではあるが……。

「物思いにふけっているようだな」

と晴明が声をかけた。

「妻を失うのと娘を失うのとでは、どちらがつらいものかと思ってな」

「ふむ……」

それきり、晴明は何も問わないでくれた。

七条河原は静かである。

道満が手で目の上にひさしを作って辺りを見回す。

「まだ来ていないようじゃな」

『あんな無礼な手紙を出しておきながら』と将門の怒りは収まらない。『呼び出してくれるわ』

将門は腹の底まで息を吐くと、今度は逆に思い切り腹を膨らませて息を吸った。

「耳をふさげ」と晴明が実資に言い、五月の両耳をふさぐ。

え、と実資が聞き返す間もなかった。

『われこそは平将門なりッ。愚かなる妖術使いとなりはてたわが娘・瀧姫に一太刀浴びせにきたッ』

周りの空気がびりびりする。鴨川の流れが一瞬とはいえ静まったほどだ。大音声とはこのことである。

「何という大声ぞ」と実資が耳を押さえる。しばらく耳鳴りがしそうだった。

だが、その甲斐はあったらしい。

地鳴りがし始めた。

「おでましのようじゃな」と道満が舌で唇を濡らす。

地鳴りはさらに大きくなり、河原の石が大きく動いたかに見えた。

河原から巨大な髑髏がわき上がってくる。

「あなや」と五月が実資にしがみつく。実資はその小さな背中をしっかり抱きしめて守っていた。

騰蛇と六合が現れ、構える。

その間に髑髏は腰から上を露わにした。

「何だ、このもののけは……」と、実資が顔をしかめる。

「がしゃどくろ、と言うてな。戦で死んだり野垂れ死んだり、まともに埋めてももらえなかった死者の怨念が凝り固まったものよ」と道満が楽しそうに教えてくれた。「もしかしたら自前で用意した死者かもしれんがの」

そのがしゃどくろの前に、三人の男女の姿が現れた。鬼面を被った夜叉丸。両手に短刀を構えた蜘蛛丸。そして真ん中には瀧夜叉姫なのだが……。

将門が鼻を鳴らした。『ふん。似合わぬ面など被りおって』

瀧夜叉姫は女面をかぶっていたのだ。

怒り、憎しみ、恨み、呪い……。

ぬっぺりとした面からは、いかなる感情も覆い隠されているように見えて、さまざまな感情が漏れ出していた。

「ふははは」と女面の瀧夜叉姫が笑い声を上げた。「今こそ確信したわ、偽将門。安倍晴明どもと一緒にいるなど、おぬしが偽者である何よりの証拠だ」

瀧夜叉姫は刀を抜いた。

「もういっぺん、刀を折ってやろうか」

と螣蛇が勇猛に笑うが、その肩を将門が摑んだ。

『あれのけりは俺がつける』

将門が太刀を抜いた。

「ばかめ。貴様の相手は、このがしゃどくろだ」

瀧夜叉姫が印を結ぶ。

がしゃどくろの両手それぞれに、巨大な刀が握られる。

『そのような張りぼてに、この将門が倒せるものか』

「刀が二本あるんだから、こっちもふたりでもいいだろ？」

と騰蛇が将門に笑いかける。

『好きにしろ』

将門が走り出した。

それが戦いの合図だった。

蜘蛛丸は両手の短刀を握ったまま、晴明に向かって走る。

この場にいる藤原実資は、たしかに賀茂祭の日に刺した相手。それが未だに健在なのは、晴明が何かしらの術で治療したからだ、と思ったのだろう。

「安倍晴明。覚悟ッ」

両手の短刀が晴明の身体に突き立てられようとしたときだった。

「急急如律令っ」

美麗な女の声がした。

およそこの世のものとは思えぬほどの白皙の美貌を誇る六合が、呪符を放ち、蜘蛛丸の刃を弾いている。

「何だと⁉」

「貴様の相手はこの私だ」

六合は呪符を矢のように次々に放つ。

蜘蛛丸は地面を転がってそれらを避けた。

「面妖な術を使いやがって」

「面妖なのはおぬしらぞ」

蜘蛛丸が地面を蹴る。短刀が六合に迫る。六合の呪符。火花。

短刀は呪符に阻まれている。

夜叉丸はいきなり横様に転がった。

いままで夜叉丸がいた場所に無数の松の葉が突き刺さった。

「ほっほ。多少はわかるか」

「蘆屋道満か。相手にとって不足なし」

「わしには貴様では不足じゃがな」道満が印を結んだ。「おん・まゆら・きらんでい・そわか――仏母大孔雀明王よ、われに力を」

道満が孔雀明王真言を唱えると松の葉、竹の葉が無数に出現し、矢のように鋭く夜叉丸を狙う。

夜叉丸が印を次々に組み替えながら、呪を唱える。

「臨・兵・闘・者・皆・陣・列・在・前」

夜叉丸の前に目に見えぬ盾が出現し、道満の攻撃を防ぐ。

「ほっほ。九字を使うとは片腹痛い」

「しえええい」

夜叉丸が身を守りつつ、短刀を投げる。

「届かぬよ」と道満が右手を刀印にして縦横に複雑に切る。「これが本物の九字よ。臨・兵・闘・者・皆・陣・列・在・前――ッ」

格子状になった光が夜叉丸を襲った。

こちらでは逆に騰蛇が地面に倒されていた。

「あの骸骨野郎、意外にやるじゃねえか」

騰蛇の口から血がにじんでいる。

そこへ将門の叱責が飛ぶ。

『式の小僧、起きろッ』

騰蛇の反応が一瞬、間に合わない。

がしゃどくろの大剣が騰蛇を斬りつける――。

「くそっ」

だが、どれほど経っても、がしゃどくろの一撃の衝撃が来ない。

それもそのはず。

将門がその大剣と騰蛇の間に身を滑り込ませていた。

「将門……」

しかし、将門の身体からは血の一滴も流れていない。

『わが鉄の肉体、これしきの斬撃で傷をつけられるものか』

「小癪な」と女面の瀧夜叉姫が舌打ちした。

がしゃどくろが大剣を構え直す。

『いつまでも子供の遊びに付き合っていても、親らしくなかろう』

瀧夜叉姫が言い返す。

「貴様など親ではない。われはアマテラス。独り神にして宇宙の根本神」

『くだらぬ夢に遊ぶな』

「無礼な下郎には、死すら生ぬるい」

がしゃどくろが再び動き出す。

このあいだに、騰蛇が体勢を立て直している。

「助かった」

『ここらで奥の手と行くか』将門は太刀を正眼に構えた。『出でよ、わが分身ども』

将門の身体が陽炎のように揺らぐ。

揺らいだ身体は瓜二つのふたりの将門に分身する。

三人、四人、五人……。

瞬く間に、七人の将門となった。

「ほう。分身の術か」

と瀧夜叉姫がつぶやく。

『七人の将門を相手にできるか⁉』

七人が一斉に走り出した。

「姫ッ」と夜叉丸が叫ぶ。「あの分身どもの中に本物はただひとり。本物の将門には『影』があるはずッ」

瀧夜叉姫が嘲笑した。

「だ、そうだ。偽将門」

『⁉』

夏の日が頭上から照らしている。

ゆえに影は短い。

だが、影があるかないかは十分わかった。

瀧夜叉姫が高らかに言い放つ。

「いちばん左。貴様が本物の将門よッ」

『くっ』

瀧夜叉姫が、がしゃどくろに攻撃を命じる。

「将門は　こめかみよりぞ　斬られける　俵藤太が　はかりごとにて――がしゃどくろよ、その将門のこめかみを狙えッ」

がしゃどくろがふた振りの大剣で挟み込むように、影のある将門のこめかみを狙う。

『しまったッ』

「くははははは。死ね死ね死ねぇ」

がしゃどくろが本物の将門の頭部を粉砕した――。

はずだった。

がしゃどくろに砕かれた将門が、不敵な笑みを浮かべて消えた。

消える瞬間、将門が言った――『外れだ』。

「何だと」

「もらった！」太刀を振りかぶった螣蛇が快哉を叫ぶ。「おんかかかびさんまえいそわか。がしゃどくろよ、土に還れ」

瀧夜叉姫が七人の将門に気をとられている間に、騰蛇はがしゃどくろの背後に回り込み、その腰骨を真っ二つに打ち砕いた。

がしゃどくろの動きが止まった。滑るように腰から上が河原に倒れ込み、ばらばらの骨に戻る。

瀧夜叉姫が狼狽した。

「どういうことだ。夜叉丸、謀ったな⁉」

『謀ってはいないぞ』と瀧夜叉姫のすぐ横で将門が言った。『七人の将門のうち、影があるのはただひとり。俵藤太らとの戦いのときはそれを見破られて倒された。ゆえに今回は、本物でも影を見えなくし、偽者でも影が見えるように晴明どのに細工を施してもらったのだ』

ここまで戦いに直接参加していない晴明は、両手の袖を合わせた揖という礼の形をとっているが——その合わせた袖の中で複雑に印を結んでいる。

口ではかすかな動きで呪を唱え続けていた。

「くそっ」と瀧夜叉姫が悪態をついた。

分身の将門が消える。

『瀧姫よ。貴様はすぐ怒り、すぐ配下に当たる。大将の器にあらず。まだまだ餓鬼』

「何を」

『その左手のほくろ。わが娘に相違ない』

本物の将門が、瀧夜叉姫の頬（ほお）を平手で張った。

「うっ」とうめいて、瀧夜叉姫の身体が揺らぐ。

瀧夜叉姫のうめき声に、蜘蛛丸と夜叉丸が反応する。

「姫さまッ」

蜘蛛丸は六合をおいて瀧夜叉姫のもとに行こうとするが、六合が回り込んだ。

「逃がすと思うたか」

「くっ」

「実資どのを傷つけたぶんの勘定は、まだ払いきっておらぬぞ」

夜叉丸のほうも苦戦している。

何しろ相手はあの蘆屋道満なのだ。

瀧夜叉姫のところに行けないでいる。

「しつこいッ」と夜叉丸が苦し紛れに呪を使う。

「ほっほっほ。弱い弱い。——おんあびらうんけんそわか」

密教の大日如来（だいにちにょらい）の真言。強烈な光と力が夜叉丸を捉（とら）える。しかし、遠くへ吹っ飛ばしてはしまわない。あくまでも道満の手近に夜叉丸がいつづけるように調整していた。

「き、貴様、遊んでいるのか」

夜叉丸はとっくに息が上がっている。

「ほっほっほ。失敬な。わしはいつだって真剣よ」と道満が底意地の悪い笑みをする。

「遊んでいるのはおぬしのほうじゃろう？」

「何？」

道満は印を結び、次の真言を唱え始めた。

将門の平手打ちによろめいた瀧夜叉姫だったが、すぐに体勢を立て直して刀を構えた。

瀧夜叉姫の全身から濁った黄色の光が放たれる。

「われは祟り神アマテラス。われがこの国の主宰神。従わぬ者に神罰を与える者なり」

『くだらぬ』と将門が瀧夜叉姫を蹴り飛ばす。瀧夜叉姫の身体が蹴鞠(けまり)のように転がっていった。『さほどに世と人が憎いか。自らの意に沿わぬなら国をも壊すか。ならばこの父がおぬしの首をはねてやる』

身を震わせながら瀧夜叉姫が立ち上がる。

将門の眉と眼(め)が火炎の如くつり上がった。

「まずい！」

晴明が叫んだ。

「どうした？」と、晴明の後ろで五月を守っていた実資が聞いた。

「将門どのは、戦いの興奮と娘への怒りでわれを忘れかけている」

「まさか……本気で娘の瀧夜叉姫を殺そうとしている、と？」

晴明がうなずく。

「そうだ」

「そんな……」

「もしそうなってしまったら、瀧夜叉姫の心に残るのは父に殺されたという恨みのみ。瀧夜叉姫の心は、父への呪いに染め上げられ、またここに祟り神が生まれてしまう」

その晴明の台詞に、鋭く反応した男がいた。


蜘蛛丸だった。


六合と一進一退の蜘蛛丸に、晴明の言葉が突き刺さる。

「女、決着はあとだッ」

蜘蛛丸はもがき、気づけば六合の腹に蹴りを入れて倒し、走った。

安倍晴明を目指して走っていた。

「うっ……。逃がすか」

苦しげにしながらも六合があとを追う。

だが、蜘蛛丸は自分でも信じられないほどの速さで走り、晴明の前にたどり着いた。

「晴明ッ」ほとんど叫ぶように問いかける。「いまの話はまことか⁉ 姫さまはこのままでは祟り神になってしまうのか⁉」

あとを追ってきた六合を制して、晴明が説明する。

「そうだ。すでに瀧夜叉姫は貴船神社の丑の刻参りによって心の半分以上を祟り神アマテラスに乗っ取られている。このまま死ねば、もうひとりの祟り神アマテラスになるだろう」

「どうしてそんなことに――」

「瀧夜叉姫は娘として純粋に父を敬愛していた。だが、同時に謀反を起こして討ち死にした父を憎みもしていたはずだ」

「………」

「貴船神社にて、そのうちの父を敬愛する心は引きちぎられてしまった。それにより、瀧夜叉姫には〝父を敬愛している振りをしている心〟だけが残ってしまった」

「面をかぶったのだな」と実資が補足した。「祟り神アマテラスがその本質に仮面をして変容し、この国の主宰神となった経緯と同じだ」

「その通り。祟り神アマテラスの本質は『本質を悟られないこと』。心を変えるのではなく変わったように見せる存在であり、心が美しければ所作が美しくなるのではなく、所作が美しければ心を美しいものと見せられると考える傾向に潜むもの」

「そんなものに、姫さまがなるのか」

「将門どのは力も霊力もずば抜けている。その将門の娘という器に、父を敬愛している面をかぶりつつ、本心に激しい憎しみの呪いを染み込ませることで、祟り神アマテラスと同通する」

本物の将門を「偽将門」と呼び、「自分は父の仇を討つのだ」と言い続けている瀧夜叉姫の姿は、まさに晴明が言った「父を敬愛している面」そのものではないか。

「何てことだ……」

蜘蛛丸が震えている。

「だがたぶん、影響はアマテラスだけにとどまるまい」

「どういうことだ？」と実資。

「祟り神アマテラスがかぶっている面は『この国の主宰神』でもある。その彼女が祟り神、荒魂としての本質をむき出しにすれば、この国の神と呼ばれる者たちすべてが祟り神、荒魂として変化する可能性が高い」

「そんなことをしたら……」

「怨霊（おんりょう）を日々神として崇（あが）めるようになるだろうな」

こうしているあいだにも、将門は瀧夜叉姫に太刀を繰り出している。

いくらなんでも体格差がありすぎた。

瀧夜叉姫は防戦一方になっている。

「将門どの、もうやめるんだっ」

と実資が叫ぶが、将門の心には届かない。

将門が太刀を振り上げた。

『地獄で会おう。わが娘よ』

瀧夜叉姫がきつく目を閉じた。

将門の太刀が瀧夜叉姫の頭上に落ちていく。

祟り神アマテラスが目を覚ます――。

「終わった」と夜叉丸が喜色をのぞかせた。

そのときだった。

瀧夜叉姫の頭を破砕するはずの太刀が、違うものを斬り裂いた。

その光景に、瀧夜叉姫が悲痛な叫びを上げる。

「蜘蛛丸っ」

将門も顔つきが憤怒から驚愕に変わっていた。

『貴様……何ゆえか？』

将門の太刀は蜘蛛丸の左肩から食い込み、心臓にまで達しようとしている。

「へ、へへへ……」

将門が太刀を抜いた。

蜘蛛丸の身体が後ろに倒れていく。

瀧夜叉姫が再び叫んだ。

「蜘蛛丸っ」

血にまみれた蜘蛛丸が笑っている。

だが、その目はすでに焦点を失いつつあった。

蜘蛛丸は震えながら手を伸ばす。

「あ、ああ……」

伸ばした手は瀧夜叉姫の女面にかかった。

かすかに込められた力が、彼女の面を外す。

「蜘蛛丸……っ」

面の下の瀧夜叉姫の素顔は、涙に濡れていた。

「ああ……姫さま……」

「どうして——？」

蜘蛛丸が笑う。

「下総にいたときの姫さまだ……」

「…………っ」

「殺しちゃ、ダメです。……お父上を、殺しちゃ……」

「うん……うん……」

「将門さまも……姫さまを……殺しちゃ……」

瀧夜叉姫が叫んだ。

「わかったから！　わかったから、もう何もしゃべらないで！」

蜘蛛丸はその言葉を守る。

微笑んだままの蜘蛛丸の目から光が消えた。

「……蜘蛛丸？」

瀧夜叉姫の腕の中で、蜘蛛丸は幸せそうな顔のまま息をしなくなった。

その瞬間だった。

「いやあああああッ」

女童の五月が絶叫した。

「どうした？」

と尋ねる実資の腕を勢いよく振りほどくと、女童とは思えない速さで走り出した。

滂沱(ぼうだ)の涙と嗚咽(おえつ)。

五月が蜘蛛丸の亡骸(なきがら)に取りすがった。

「蜘蛛丸！　蜘蛛丸！」

初めて会ったはずの蜘蛛丸の名を何度も呼び、涙を溢(あふ)れさせ、その身を揺すっている。

そこには純粋な、打算もしがらみも何もない、ただ純粋な悲しみと慈しみがあった。

「…………」

瀧夜叉姫は涙を流すのも忘れて、五月を見つめた。

ただ呆然(ぼうぜん)と……。


「あの女童、邪魔だな」

道満に翻弄(ほんろう)されながら夜叉丸が懐(ふところ)から短刀を取り出した。

「貴様、まだそんなものを持っておったか」

道満が舌打ちする。

夜叉丸が短刀を投げる。狙いは——。

瀧夜叉姫がその短刀に気づいた。

「あぶないっ」

彼女は、自分と同じ左手にほくろを持った五月を守ろうと、抱きしめる。

鴨川の音に、金属を弾く音が混じった。

騰蛇の剣が、夜叉丸の短刀をたたき落としたのである。

「俺たちがいるのを忘れるなよ？」

騰蛇の横には、六合が呪符を構えて立っていた。ふたりとも瀧夜叉姫と五月を、夜叉丸から護る位置である。

「畜生めッ」

夜叉丸が悪態をついた。

その夜叉丸に、道満がゆっくりと近づいていく。

「さてもさても。あんな頑是ない女童に刃を向けようとするとはなぁ」

「………っ」

そのとき夜叉丸は不自然に身を震わせた。

もう動けなくなっているのだ。

声も出せない。

「わしがおぬしと呪のやりとりで遊んでいたのはな、その裏で別の呪をおぬしにかけておったからじゃよ。わかるか？　動けずしゃべれず――それがわしが本当に貴様にかけたかった呪よ」

「…………っ⁉」

命がけの戦いを展開しながら、全く別種の呪術を展開するなど、余人にできるものでもなければ想像できるものでもなかった。

「いますぐおぬしを八つ裂きにしてやってもよいのだが」

夜叉丸の目と鼻の先まで近づいた道満が、闇深い目で微笑みかける。

「…………‼」

夜叉丸はもがこうとして何もできない。

道満がゆっくり手をあげたときだった。

「八つ裂きはやめてください」

と晴明が道満を止めた。

「止めるか」

「止めなければ、種明かしができませんからね」

晴明はいつものように色白で端整な顔つきにかすかな笑みを乗せて、そう言った。

「ふむ。ではやってみせよ」

「お言葉に甘えまして」

晴明はゆっくりと手を伸ばす。

「……ッ。……ッ」

何かを訴える夜叉丸を無視し、晴明は夜叉丸がかぶっている鬼面に左手をかけた。

晴明は右手を刀印に結んだ。

「急急如律令――っ」

生木を裂くような音がして、鬼面が外れた。

面の下から出てきた顔は、蛇の如く冷たい目つきの男。

年は四十前後か。

妙に肌が黄色く、つやつやしていた。

決して醜くはないが、ひと目見ただけで生理的に嫌悪するような何かを漂わせた顔立ちである。

夜叉丸の素顔を見た者たちの中で、平将門が怒気をはらんだ声を発した。

『貴様、興世（おきよ）王（おう）ではないか』

全員の視線が改めて夜叉丸――興世王に集まる。

道満が指を弾いた。「これで口はきけるじゃろう？」

「……はっ」

と興世王が息を大きくはいた。

「興世王というのは、平将門どのとともに坂東で叛逆（はんぎゃく）を企てた……？」

そう言って実資が眉をひそめると、興世王は大きく笑った。

「ふははは。その通り。われこそは興世王。世が世なら内裏（だいり）の中央に住まう帝となっていた男ぞ」

実資は道満に尋ねる。

「知っていたのか」

道満はそれに答える代わりに、別のことを口にした。

「皇族の血を引いていると騙（かた）った。将門を頼り、つけこみ、将門が国府を襲う決断をするように絵図を描き、実際にそう仕向けた。朝敵となった将門に巫女（みこ）を近づけ、『新皇（しんのう）』の称号を名乗らせた。総じて、将門を朝敵とし、叛乱を起こさせた陰の立役者が、こやつよ」

「では、将門どのの罪はすべて……？」

「地方での親族同士の小競り合いはともかく、朝敵としての罪のすべてはこやつが仕組んだ罠（わな）じゃ」

実資はあらためて興世王を見つめた。この蛇のような男が、将門ほどの男を欺いたというのか……？

「生前の将門どのには、頼られたら断り切れないお人好しなところもあっただろうし、興世王の甘言に耳を貸してしまうような野心や弱さがなかったとは言えないだろうがな」

と晴明が念のための補足をしてくれた。

「それにしても……」

「まだあるぞ」と道満が笑っている。目だけは冬のように冷たいが。

「まだあるのか」

「それを話すまえに、日記之家よ、興世王を見て気になることはないか」

道満にそう言われて、実資はじっくりと興世王を観察した。

「……よくわからないのだが」

『若すぎる』と、実資に代わって将門が答えた。『あの戦いから五十年近く経っている。しかしこやつはどう見ても四十歳程度。まるで時が止まったようだ。わが娘もな』

「その通り」と道満が手をたたいた。「どうやったかはわからぬが、こやつは坂東から逃げた。逃げて転々として二十年近く経った頃に、将門の娘・瀧姫が、父の無念を晴らしたいと貴船神社に丑の刻参りを重ねていると聞きつけた」

「え？」と言葉少なに瀧夜叉姫が聞き返した。

いまは瀧夜叉姫も五月も泣いてはいない。

「満願二十一日目、瀧姫が磐長姫命（いわながひめのみこと）の荒魂を受けた。じゃが、磐長姫命は欲張った。一度に祟り神アマテラスの力をも流し込もうとした。結果、瀧姫の身体は耐えきれず、意識を失った」

「それから三十年くらい眠りにあった、と聞いたが……」

と瀧夜叉姫が答えると、道満は首を横に振った。

「それほど長いこと眠り続けるのは尋常ではない。祟り神の力だけでなく、わざとそうした者がいるのじゃ」

「まさか、それが興世王？」

実資がそう尋ねると、道満は冷たい表情でうなずいた。

「こやつは多少の呪術の——といっても外道の呪術の知識と素養があったのじゃろう。荒魂を受けて倒れた瀧姫の身体から、神の力、荒魂の力を吸い込んでいったのじゃ」

「何だって？　一体何のために」

「しれたこと。若返るためじゃよ」

実資は再び興世王を見た。

「ということはこの若さは——」

「瀧姫が眠っている月日を伸ばし、伸ばした分の月日の荒魂の力を自らが吸い、若さを取り戻していった。将門が死んでからの二十年近い年月を若返るまでな」

「だから、瀧夜叉姫はこんなにも若いまま時が止まっていたのか」

「そうこうするうちに、自らを若返らせた力の根源に気づいたのじゃよ」

「——祟り神アマテラスの力に気づいたのか」

道満が興世王の耳元で問う。

「何か付け加えることはあるか」

「若さは誰しも求めるもの。将門の失態で失った年月を、娘から取り戻して何が悪い？　そのあともっとも最初の十年はうまくいかなくて、予想より月日を費やしてしまったがな。そのあとわざわざ下総に戻らせ、「夜叉丸」として仕えてやったのさ」

「つくづく外道だな」実資は吐き捨てるように言った。

道満が興世王から離れた。

「すなわち——瀧姫の満願から三十年、自らの若返りのために姫の日々を奪った。従順な配下の振りをして瀧姫が瀧夜叉姫として将門の復讐の鬼となるように仕向けた。さらには瀧夜叉姫をして、この国最悪の呪われたアマテラス、祟り神アマテラスそのものにしようと導いた」

「何という……」

実資は言葉を失った。

「これらが、興世王が将門父娘になしてきた悪行の数々よ」

晴明が静かに興世王に尋ねた。

「何か反省の言葉はありますか？」

「反省だと？」興世王はあざ笑った。「かかか。われは興世王。正統な帝ぞ。その邪魔をしたおぬしらこそ反省の辞を述べるべきであろう」

実資が何か言おうとするより先に、将門が興世王の前に立った。

怒りの形相だった将門は、妙に冷酷な顔になっている。

『貴様、生きていたのだな』

「かかか。将門公。父娘二代にわたる献身、ご苦労だった」

将門はたった一言だけ尋ねた。


『なぜだ？』


その一言にはさまざまな想いと意味が込められていた。

なぜ、自分を朝敵にしようとしたのか。

なぜ、謀反を起こさせたのか。

なぜ、娘を瀧夜叉姫にしたのか。

なぜ、自分たち父娘だったのか——。

興世王は薄ら笑いを浮かべたまま何も答えない。

将門の問いの意味さえわかっていないのかも知れなかった。

その将門は雪のように冷たいまなざしを向けるだけである。

将門は怒っていないのではない。むしろ逆である。あまりの激しい怒りゆえに、心がないだように見えているだけだった。

実資は胸が詰まった。

将門という男に。

瀧夜叉姫という娘に。

乱を通して運命が狂わされた、多くの人々に。

それらのすべてを仕掛けながら、自らは若さと生に執着している興世王という男の醜さに——。

その興世王は、将門を見上げて言った。

「すべて露見したなら仕方がない。だが、蘆屋道満が言ったとおり、われは祟り神アマテラスの力を吸ってきた。もはやこの身は人にあらず。祟り神であり荒魂である。さあ、将門よ。殺せるものなら殺してみせよ」

将門の目に、ムラッとした怒りが宿るのが実資にもわかった。

『そうだな』と将門は興世王の顔に手を伸ばす。『その忌々しい顔と頭を、このまま握りつぶしてくれよう』

将門の腕に力が込められる。

そのとき、五月が声をあげた。

「父上、いけません」

興世王以外の全員が驚き、五月を見た。

『五月……』

「殺さないで」

そう言って五月は、瀧夜叉姫を振り返った。

瀧夜叉姫が言った。「もう、やめましょう。父上」

『……おまえはそれでいいのか』

「はい」と瀧夜叉姫が涙をまた流す。「私は、父上を誇りに思っていました。けれども、たしかに指摘されたような、謀反を起こして多くの人を死なせ、自分も死んでしまった父上を恨む心もありました」

『…………』

「私は父上の娘としてよき生き方をしなければと、かたくなになっていました。けれども、そう思うほどに父上への怒りや憎しみも、生まれてしまった。それが祟り神の力を呼び覚ましていたのですね」

『もうよい』

瀧夜叉姫は抱えていた蜘蛛丸の身体を河原に横たえると、開いたままだった目を閉じてやった。

「蜘蛛丸。私のせいで死なせてしまった。ごめんなさい」

『………』

「父上。此度のこと、この瀧が愚かでした。他の誰にも罪はありません。どうかお許しください――」

将門は、興世王の顔を握っていた手の力を抜いた。

興世王が呆然と将門を見上げている。

『俺はおまえを許していない。だから、早々に俺の見えるところからいなくなれ』

将門は、興世王に背を向けた。

「いいのかえ?」

と道満が確認する。

『ああ』

道満は渋々といった様子で柏手を三回打った。

「急急如律令」

興世王の身体の縛めが解けた。

しばらく手足の動きを確認していた興世王だったが、やがて顔に蛇のような笑みを浮かべた。

「では、これで私は去らせてもらおう」

『…………』

そのときだった。

興世王は素早くしゃがみ込むと、地面に落ちていた瀧夜叉姫の刀を拾い上げた。

「将門。娘の命はもらっていくぞッ」

卑劣な宣言に、将門が振り向くより先に、実資の身体が動いた。

「興世王っ」

実資は腰に佩いていた太刀を抜き、興世王を袈裟懸けにした。

かすかによろめいた興世王が、嘲笑の声を上げる。

「くくく。ばかめ。われはもはや荒魂に等しい存在。ただの太刀ごときで――」

不意に興世王の声が止まった。それどころか、急に身をよじり苦しみだしたではないか。

「が、ががが、があああ――。なぜだ。なぜわれがこんなに苦しむ――」

実資の持っていた太刀に興世王の目が止まった。

「それは……その黄金の太刀は——ッ」

興世王の受けている衝撃に、実資のほうが驚いている。

「え？　この太刀がどうしたというのだ」

実資が振るった太刀は、俵藤太から授かった太刀——かつて将門を斬った黄金の太刀・遅来矢だった。

「この黄金の太刀には、荒魂をも斬る霊力が宿っていたらしいな」

と晴明が実資に説明する。

興世王の全身から真っ黒い煙が幾筋も吹き上がり始めた。

興世王はただただ苦しみ、もがいている。ひとつ苦しむたびにしわが増え、ひとつもがくたびに身体の肉がそげていった。

「まさか……このわれが……将門と同じ太刀で討たれる、なんて——」

声もすっかり年老いている。

興世王はのたうち回り、そのたびに身体が小さくなっていった。

断末魔の悲鳴を上げるいとまもなく、とうとう興世王は絶命した。

その死体は、背を丸めた小さな猿の木乃伊のようだった。

実資はその木乃伊を険しい表情で眺め、つぶやく。

「俺は——人を殺してしまったのだろうか」

「いいや。違うさ」と晴明が言った。「あれは人ではなくなっていた。かといって、荒魂そのものでもない。人の道からも天の経綸からも外れた、ただの外道のあやしのもの。だから気に病むことはないさ」

「――ありがとう」と言って実資は黄金の太刀を鞘に収める。

その刀身には、一滴の血もついていなかった。

興世王の木乃伊を呪の炎で燃やしてしまうように騰蛇に命じると、晴明は瀧夜叉姫と五月に振り向いた。

「さあ、こちらも決着をつけましょう」

瀧夜叉姫が不思議そうにしている。

「一体何を……」

晴明は瀧夜叉姫と五月の左手をとった。ふたりとも手の甲の同じ場所に同じようなほくろがある。

「貴船神社で祟り神の力を押し込まれたことで、祟り神を弾く部分が心の中から弾き飛ばされた。本来、ひとつの魂であったものがいまふたりにわかれているのです」

瀧夜叉姫と五月が同じ目で互いを見つめ合った。

「ふたりをどうしたらいいのだ」

と実資が問うと、晴明が温かな微笑みを見せた。

「わかれたるものは一なるものに。もう一度ふたりをひとりにするのさ」

「言葉では意味がわかるが、できるのか？」

「瀧夜叉姫の魂を引き裂いたのは祟り神アマテラス。ならば、それを超える存在は、もうわかっているだろう？」

実資がうなずく。

「釈迦(しゃか)大如来(だいにょらい)――御仏の慈悲か」

「そう。法力だけなら、夜叉丸――あの興世王でも持っていた。しかし、御仏の慈悲は法力を超える。なぜなら慈悲とは御仏の法の別名であり、大天地の万象万物を生かしめているものそのものだからな」

道満が瀧夜叉姫と五月に、「晴明の前に跪(ひざまず)き、合掌するのじゃ」と教える。

ふたりが道満に言われたとおりにする。

「これから瀧夜叉姫に五月を戻し、もともとの瀧夜叉姫、いや瀧姫の魂に戻します。その途中で瀧夜叉姫の中に巣くう祟り神を追い出すことになる」

「はい」と瀧夜叉姫が答えた。

「祟り神は激しく抵抗するでしょう。覚悟はできていますか？」

「――はい」

その返事を聞いて正面に晴明が立ち、背後に六合が立った。晴明らも合掌する。

「釈迦大如来よ。慈悲の御光をお与えくださ い。御仏の慈悲の化身・地蔵菩薩よ。われらを癒やし、救い給え」

晴明は静かに真言を唱える。

おんかかかびさんまえいそわか――。

天から金色の光が降り注ぎ始める。最初は雨のようだった光は徐々に強くなり、やがて滝のようになり、さらに強く大きく広がっていく。

その様子をじっと見つめながら、「さっき騰蛇も唱えていたよな」と実資がささやく。

「がしゃどくろを葬るのに、地蔵菩薩の慈悲の加護をいただいたからな」

地蔵とはもともと大地があらゆる命を育む力を蔵するように、苦しみや悲しみ、孤独のさなかで悶える衆生を限りない大慈悲で包み込み、救わんとする仏の化身であることを示す名である。

地蔵菩薩についてのさまざまな逸話のなかに、こんな話がある。

――かつて、偉大で慈悲深いふたりの王がいた。

ひとりは自ら仏になることによって衆生を救おうと考え、悟りを開き、一切智威如来という仏になった。

しかし、もうひとりの王は、迷える衆生ひとりひとりのもとへ歩み、彼らの苦悩を救いたいと願い、地蔵菩薩となった。

ゆえに地蔵菩薩は六道を歩き続ける。六道とは地獄・餓鬼・畜生・修羅・人・天。衆生が自らの業により輪廻させられるとされる六つの世界である。

六道を輪廻する衆生は海の真砂ほどもいる。だが、地蔵菩薩はそのすべてが救われるまで、歩き続けるのだ……。

天からの慈悲の光は、いまや黄金の柱となって瀧夜叉姫と五月を包み込んでいる。

その黄金の輝きは、実資が夢のなかで見た伽藍と同じように思えた。

光の柱のなかで、五月の姿が揺らぐ。

五月は徐々に身体が透けていき、自身も金色の光になろうとしていた。

『……………』

将門がじっとその有様を見ていた。

「五月はどこへ行くのだ」

と実資はわかっているのに、聞かずにはいられなかった。

「見ての通りさ」と晴明がひどく素っ気なく答える。「瀧夜叉姫の心に戻ろうとしている」

「五月という女童は、結局何だったのだ？」

「おぬしが夢で見た通りよ」

「…………」

「瀧夜叉姫のなかにあった、祟り神アマテラスに従わない部分。それはおぬしが夢で見たとおり、御仏への篤い信仰心と菩提心の化身だったのさ」

「そうか。釈迦大如来への信仰心や悟りを求める菩提心が、祟り神アマテラスには邪魔だったということか」

「たぶんな」

その五月は、どうして実資の夢の中に現れたのだろう。

あのときは蜘蛛丸に刺され、実資は生死の境にいたのだ。

晴明が言っていたではないか。伽藍の仏像を拝し、ずっとそこにとどまっていたらそのまま死んでしまって極楽浄土にいついてしまったかもしれない、と。

その状態の実資を呼び出したのは婉子だった。

やがて婉子と思えたものが、五月に変化したのだが……。

もしかすると、夢の中の婉子はそもそも五月だったのかもしれない。見知らぬ女童より、婉子の姿のほうが実資が信用するだろうと思ったのではないか……。

「ふたりに分かれながらも、どこかでひきあっていたのかもしれない、とは考えられないか」

実資は瀧夜叉姫の配下である蜘蛛丸の刃によって傷ついた。

瀧夜叉姫が表向きはそう思っていなくても、心の奥底では実資を傷つけたのを自らの責任と思って心を痛めていたとしたら。

自らのある意味での良心の化身とも言える五月が、実資を助けに来てくれたのかもしれない。

「ふふ。実資、五月がそんなにかわいかったか」

「そういうわけではないが、あの子が俺を導いてくれたような気はするよ」

人間の姿を失い、金色の光となった五月が隣にいる瀧夜叉姫に重なる。

その瞬間。

瀧夜叉姫の身体から悩乱する女の魂のようなものが飛び出した。

おのれ、瀧夜叉姫。貴様の願を聞いてやったというのに、われを捨てる気か。

おのれ、瀧夜叉姫。貴様に力を与えてやったというのに、神に対して何たる仕打ち。

おのれ、瀧夜叉姫。われは貴様を呪う。恨む。憎む。憎む。憎む。憎む――。

それは醜い女だった。

その醜い顔の中にさらにふたつ、顔がある。その顔も醜かった。

「これが祟り神アマテラスなのか」

と実資がひとり、呆然とつぶやく。

散々に悪態をつきながら、それでも瀧夜叉姫の身体に取り憑(つ)いていたくて、しがみつこうとする。

だが、祟り神は慈悲に勝てない。

頭上から滔々(とうとう)と流れ来る慈悲の光に、祟り神が瀧夜叉姫から離れていく。

瀧夜叉姫、われはよくしてやったではないか。

瀧夜叉姫、われはおぬしのためにつくしてやったではないか。

祟り神が猫なで声で呼びかける。

瀧夜叉姫の表情が苦しげになり、額に脂汗がにじむ。

晴明が呼びかけた。

「姫よ。祟り神を力で屈服させようと考えなさるな。御仏の慈悲とひとつとなり、御仏の慈悲の具現として相対すのです」

瀧夜叉姫が大きく息をつく。

瀧夜叉姫が降り注ぐ慈悲に心を合わせると、祟り神は苦しみ、絶叫した。

ぎゃあああ。

おのれ、瀧夜叉姫。わが鏡を見よ。神鏡を見よ。この鏡に映る自分の醜さを見よッ。

瀧夜叉姫の表情が再び苦悶する。

だが、瀧夜叉姫は言った。

「たしかに私は醜い。醜い心だった。しかし、鏡は左右逆にしか物事を映さない。おまえが正しい像を見ることは永久に、ないっ」

ぎゃあああ——。

祟り神の三つの顔が三つの声で悲鳴を上げ、瀧夜叉姫から離れた。

その瞬間を逃さず、晴明が五芒星を切った。

「急急如律令ッ」

瀧夜叉姫という依り代を失った祟り神は、あっけなく追放され、封印された。

光の柱が消えた。

そこには瀧夜叉姫だけが残っている。

瀧夜叉姫が目を開き、合掌を解きながら、ゆっくりと立ち上がった。

その表情には、これまで持っていた武人のような凜々しさはなりを潜めていた。

夏日のような激しさも、冬の雪のような峻烈さも、ない。

春の花のなかで無邪気に遊ぶ女童のような清らかなまなざしだけがあった。

瀧夜叉姫は自分を取り囲む実資たちを順々に眺め、将門に視線を止めた。

「父上――」

と言われて、将門が苦い顔をする。

照れ隠しだろう。

『何か』

ぶっきらぼうな声だったが、瀧夜叉姫は唇を震わせ、涙を目にためた。

「父上。ずっとしてみたかった鬼ごっこ、楽しかったです」

将門が目を見張る。

『それは――』

「はい。五月の記憶です。あの子の心が私の中に生きているのです」

将門の目に涙がこみ上げてきているのがわかった。

『そうか……』

瀧夜叉姫の目から清水のように涙が溢れると同時に、彼女は父の胸に抱きついた。

「父上――っ」

将門は泣いている瀧夜叉姫の、つややかな黒髪を無骨になでている。

『さみしかったか』

「……はい」

『つらい思いをさせて、すまなかったな』

「いいえと言ったら嘘になりますが……御仏の計らいで、こうしてお会いできました」

『五月……』

幼名を呼ばれて、瀧夜叉姫は顔を上げて苦笑した。

「父上。私はもう女童ではありません。瀧です」

『そうだったな。すまない――』

ふたりを見ながら、実資はそっと袖で目元を押さえた。

見ている者たちも、本来であればなかったはずの父と娘の再会に胸が熱くなるようだった。

瀧夜叉姫が再び父の胸に頬を当てて大きく呼吸をし、離れた。

「操られていたとはいえ、大勢の方を苦しめました。――かくなる上は、死んでお詫びします」

言うや、瀧夜叉姫は懐に隠し持っていた短刀を抜き放ち、自らの首に押し当てた。

「させぬッ」

気合いの声とともに、道満が両手を突き出した。目に見えぬ力が発され、瀧夜叉姫の短刀を吹き飛ばした。

「なぜ死なせてくれないのですか」

瀧夜叉姫が悲痛に叫ぶ。

道満は黙って落ちた短刀を拾い、自らの懐にしまい込んだ。

黙っている道満の代わりに、晴明が言った。

「釈迦大如来は、自ら命を絶つことを許していないからですよ」

「しかし……」

「私が……？」

「祟り神に仕えているならいざ知らず、あなたは御仏の慈悲で新生したのですよ？」

「御仏はいまこの瞬間もあなたを生かしてくださっているのですから。この世を去る瞬間まで、やるべきことがあるでしょう?」

「私のやるべきこと……」

「それに」と晴明が肩の力を抜いた表情を見せる。「あなたがばらまいた呪はわれわれ陰陽師が祓いますから大丈夫ですよ」

「できるのですか」

「陰陽師とはそういうものです」

瀧夜叉姫はまたしても涙を流し、深く深く晴明に頭を下げた。

いや、もう瀧夜叉姫と呼んではいけないだろう。

彼女は瀧姫——平将門の娘であり、御仏の慈悲で甦った魂。

鴨川は相変わらず流れ続けている。

絶えることなく、涼しげな風を伝えながら。

結び

七条河原（しちじょうがわら）での戦いから、しばらく過ぎた。

暑さはいまが盛りとばかりに都にのしかかって、夜も寝苦しい。

眠れない夜は藤原実資（ふじわらのさねすけ）にとっては、悪くない。

昼間は内裏（だいり）で忙しいけれども、夜にゆっくりと日記をしたためることができるからだった。

外を見上げれば、満月が煌々（こうこう）と輝いている。

その月の美しさ、円満なさまに感動しながらも、実資はひとりで苦笑した。

「相変わらず、どのように日記に書いていいのか、皆目見当がつかぬ」

筆を持ったものの、途方に暮れていた。

かすかに虫の音が聞こえる。

まだ暑いさなかだというのに、秋の気配はすでにそこにあった。

平将門（たいらのまさかど）は、再び眠りにつくことを選んだ。

『もともと死んでいた身だ。もう一度地獄へ戻してくれ』

晴明の邸に戻り、残っていた婉子に事情を語り終えるや、将門はひどくあっさりと要求したが、瀧姫のほうは卒倒しそうになっている。

「そんな……父上が、地獄に――」

『俺は実際に多くの人を殺したからな。仕方がない』

「けれども――」

『ふふふ。御仏の教えは誰にでも公平なのだよ』

すると道満が、こちらもひどくのんびりと尋ねた。

「よいのかね？」

『ふふ。もともとそのつもりだったのだろ？』

道満は「ふん」と鼻を鳴らした。

晴明が道満に苦笑し、冷やかしの言葉をかける。

「道満どの。将門どのに情が移りましたな？」

「何を言うか」

「道満どのは見かけによらず、情に厚いお方だから」

「たわけたことを抜かすな。呪い殺すぞ」

六合がみなによく冷えた水を出す。

その水をうまそうに飲みながら、将門が道満に笑顔を向けた。

『道満。世話になったな』

「こちらこそ、世話になった」

道満が珍しく屈託なく笑って答えている。

ここで聞かなければ聞く機会が失われる。

実資は道満に声をかけた。

「道満。結局、どうして藤原純友と平将門どののふたりを甦らせたのだ?」

そう尋ねると、道満はにやりとした。

「こんな都、壊れてもいいだろう?」

「なっ」

「ほれ、花山院のような痴れ者が帝の位につき、周りの近しい人々を泣かせた。女王殿下だって泣かされただろう」

「それは……」

「今上帝になって何か変わったか? 名が違うだけで、相変わらず藤原摂関家の世の中。帝の周りはどのようにして帝の外戚になるかを企む連中ばかり。わしのかわいい日記之家はずっと頭中将のままじゃし」

「――最後のは余計なお世話というものだ」

道満は無視して、実資の目を覗き込んだ。

「おぬし、あの藤原顕光が帝の外戚になろうという欲望を持っているのを知っているか？」

「顕光どのが？」

実資は思わず声が裏返った。

藤原顕光は無能者だった。

ただの無能者ではない。

危険な無能者だった。

父親である藤原兼通が関白になったときに、十二年ぶりに昇進し、気がつけば公卿の仲間入りをしていたが、行事ひとつまともに運営できない。

失敗しないように檜扇に式次第などを書き留めておいても間違える。

彼の失敗や無能ぶりを日記に書き留めていたら、筆がすり減ってなくなってしまうくらいだった。

だが、それだけならただの無能者だ。

問題はこの男が呪に興味を持っていることだった。

我流で学んだ呪を駆使し、晴明に挑んできたことがあるのである。

しかも、それについて、まるで怨霊に操られていたかのように隠蔽しようとした。

そのような男が帝の外戚を狙っているとしたら――。

「わしが嘘をついていると思うのか」

「正直、嘘であってほしいと思う」

道満は朗らかに笑った。

「はっはっは。やはりおぬしはいい男よ」

「褒めてくれなくていい」

「わしはあの男のところにしばらくいたのじゃぞ？」

「いや、それにしても……」

顕光が帝の外戚――池の蛙が二本足で歩き出すほうがありえそうである。

「あの顕光がそんな欲望を持っているのは事実じゃ。あと数年したら、娘を無理やりにでも入内させるだろう」

「本当なのか」

道満は答える代わりに晴明を見る。

晴明は軽く顎をそらせるようにしてから、答えた。

「どうも本当らしい」

「本当なのか……」

実資は天を仰いだ。

「だがこの入内、誰も幸福にしないかもしれない」

「え？」

晴明が大きくため息をついた。道満が口を挟む。

「入内はできる。しかし、外戚にはなれず、父娘(おやこ)そろって世間から馬鹿にされて終わるだけじゃろうよ」

「道満どの、まだ星の動きなど確定していませんよ」

と晴明が苦言を呈したが、道満は鼻を鳴らすだけだった。

「悲しい結末になりそうなのだな」と実資。

顕光についてはもう、どうでもよかった。

けれども、その娘がかわいそうだ……。

「ほれほれ、日記之家よ。そこで憐憫(れんびん)の情を起こすのがおぬしのよいところであり、甘いところじゃ」

「どういう意味だ」

「そのままじゃよ。――だから、こんな世の中、壊してしまえよ」

「それで、将門どのたちを甦らせたのか」

「くくく。そうじゃと言ったらどうする」

実資が鼻から強く息を吐くと、道満が楽しそうに笑った。

「道満どの。あまり実資をいじめないでください。女王殿下に叱られますよ？」

「おお、それは嫌じゃな」

「で、本当のところはどうなのですか？」

晴明までもが追及すると、道満はあっさりと口を割った。

「わしが顕光のところにしばらくいた頃のことじゃ。動けるようになってからもしばらくはおとなしくしていたが、何しろ暇でな。ときどき出歩いていたのじゃが」

何やら異様な占が出るのが気になって行ってみれば、貴船神社で件のイワナガヒメが嘆き悲しんでいるではないか。

幸い、イワナガヒメも道満に食指は動かなかったようだが、そのぶん、じっくりと話を聞けた。

「そこで瀧夜叉姫のことを知ったのですか」

「その通り。もう少しゆっくり準備ができればよかったのだがな、いろいろ占してみれば猶予はほとんどない」

「それで、帝の御璽を狙ったのか」

「うむ」

実資は頭を抱えた。

「一応、事情を話してくれてもよかったのではないか」

実際、道満が晴明や実資に「これこれのことが起こっているようだ」と話せる時間はあったと思うのだが……。

「まあ、こちらもいろいろあってな」

「もう少しで都がどうなるかわからなかったのだし」

「だから壊れるなら壊れてもいいだろうさ。それが都の運命ならそうなる。違うならそうはならない。なあ、晴明」

道満はにやにやしながら晴明に話を振った。

「私は、都が壊れてしまえばいいなどと思ったことはありませんよ」

「禄をもらっておるからか」

「ははは。ご冗談を」

「では、どうしてこのような面倒くさい世の中を生きる?」

晴明の答えはかんたんだった。

「このような面倒くさい世の中だからですよ」

「ふむ?」

「人が怒ったり、泣いたり、苦しんだり、喜んだり、裏切り合ったり、手を結び合ったりしている面倒くさい世の中ですが、釈迦大如来（しゃかだいにょらい）は最後の旅で言いましたよ。『美しいなあ』と」

それは釈尊が涅槃に入るまえ、振り返ってヴァイシャーリーの町を見たときの感慨だったという。

「美しい町であった。美しい人々であった」と。

道満が苦笑する。

「おぬしは信心深いの」

「御仏が美しいと思った世界です。私も美しいと見たい」

「ふむ」

「恋のやりとりがあった。よい歌が詠めた。管弦の遊びでよい音が出せた。子が歩いた。市で安くよい品が買えて老母においしいものを食べさせてあげられた。遠い赴任先から友が帰ってきた。からりと晴れた朝が心地よかった。――この世の中には、ごく小さくても尊い気持ちと出来事はたくさんあるんですよ」

「たしかに小さいな」と道満は笑った。笑ったが、こうも言った。「しかしどんなに小さくとも、金は金の価値があるからな」

実資はその道満の言葉を不思議な響きのように聞いていた。

「どんなに小さくても、金は金……」

晴明が苦笑した。

「これが道満どのの複雑なところですよ。そのように言いながらも、本気でこの世を壊してもいいと思っている……」

実資は夢から覚めたようにうなずいた。

「結局、どうして将門どのたちを甦らせたのだろう……？」

道満は顔をしかめながら、

「決まっているじゃろう。瀧夜叉姫を、祟り神アマテラスを止めるためじゃよ」

「本当なのか？」

「嘘をついてどうする」

「だとしたら将門どのだけでよかったのではないか」

道満は鼻で笑った。

「ばかも休み休み言え。わしは将門どのを知らなんだ。甦らせてみたものの、手のつけようがない怨霊だったらどうする？」

「どうせ晴明に調伏させるつもりだったのだろ？」

「そのときはそのときじゃ」道満はぬけぬけと言った。「将門が話の通じる相手でなかったとしても、純友が話せる相手なら、純友から瀧夜叉姫を説得してもらうつもりではいたがな」

「将門どのも純友も、まったく話が通じなかったらどうするつもりだったのだ？」

と実資がダメ押しのように尋ねると、道満がにやりとした。

「そのときはそのときじゃ」

聞かなければよかったような気もしたが、おそらくは、きちんと占をして、将門か純友のどちらかが話ができる相手と読んでいたのだろうと思われる。

『さあ、そろそろ俺は眠りにつくぞ。次は娘に縛られず、大いに都を破壊してやるわ』

将門が宣言した。

地獄へ戻せ、という意味である。

「あの黄金の太刀でおぬしを地獄に戻すよ」と道満が約束した。

それだけだった。

「どうやらあのふたりには、意外と深いところでの心の交流があったようだな」

と晴明がひげのない顎をなでた。

瀧姫はもう何も言わなかった。

彼女もまた、武士の娘である。

父の本当の死に際を涙で邪魔したくはないのだろう。

こうして平将門は、あらためて首ひとつを残して眠りについた。

将門の首は、道満が抱えて消えていった。

坂東の地に帰りたい、と将門が言っていたから、そちらのほうのどこかで懇ろに弔ってやるつもりだと道満は言っていた。

だが、坂東へ向かったのはそれだけではないだろう。

道満は、瀧姫の道中を陰ながら見送るつもりなのだ。

その瀧姫は、数日遅れて晴明の邸を出た。

瀧姫の心中でいろいろと考えたり、反省したり、折り合いをつけたりしなければいけないことがたくさんあったからだった。

「お世話になりました」

杖を持って壺装束姿となった瀧姫が、晴明と実資に旅立ちの挨拶をした。

どこから見ても楚々とした姫で、がしゃどくろを使役しながら刀を振るっていた瀧夜叉姫と同一人物とは思えない。

「行きますか」と晴明。

「はい」

「都にとどまってもよかったでしょうに」

と実資は名残惜しくそう言ったものだが、瀧姫は静かに首を横に振った。

「やはりわたしには東国の水が合っているようです」

「あてはあるのですか？」

将門の乱から五十年近く。瀧姫を覚えている人物も、もう少なくなっているかも知れない。

しかし、瀧姫は言った。

「坂東か、奥州か……どこかの寺に入り、出家したいと思っています」

「それは……」

「私は祟り神の力を受け、何十年も眠っていました。その力がなくなったいま、興世王のように死んでしまわないのが不思議なくらい。ですから、残った生命を、最後の一瞬まで釈迦大如来のために使いたいのです」

そう決意を述べる瀧姫の瞳は、実資が夢の中で出会った女童・五月の、菩提心溢れる清らかな瞳と一緒だった。

やはり、これこそが本当の瀧姫なのだろう。

「尊いことだと思います」

と実資は心から言った。

「これまでの人生の心の垢を落とす修行をしつつ、御仏の智慧と慈悲を学び、父やあの乱で亡くなった方々の供養をしたいと思います」

平将門が乱で討たれたときに、誰かがそうすべきだったのだ。

けれども、その頃の瀧姫は小さかったから無理だった。

回り道をしたように見えるけれども、もしかしたらもっともよい形で収まろうとしているのかもしれない。

そうだ。

これでよかったのだ。

そうであってこそ、多くの過ちも、蜘蛛丸（くもまる）の死も、意味があったと言えるのではないだろうか。

だとしたら。

やはり道満のように、ひどい都だからと壊してしまうよりも、自分も晴明のように――あるいは釈迦大如来のように――この世を美しいと見たいものだと、実資は思った。

「すばらしい願いですね」

と実資が言うと、晴明も同意するようにうなずいた。

「ありがとうございます」と瀧姫はあらためて頭を下げた。

「それではここでお別れですね」

と言ったら、なぜだか実資は鼻の奥がつんとなった。

都と坂東の地では遠いから、というだけではない。

ましてや、下心めいた情が芽生えていたわけでもない。

瀧姫は出家するのだ。

出家とは世のしがらみを捨て、御仏の弟子として一生を修行のために捧げること。俗世でのこれまでの地位や生まれの高下、人間関係や学んできたことの一切を捨てなければいけない。

だから、瀧姫とはもう会えない。

今度会えたとしても、それは瀧姫ではない。

ひとりの尼僧なのだ。

「世を捨てて出家するのは悲しいことかもしれませんが、その瀧姫どのの決断によって救われる人がこれからたくさんいることでしょう」

晴明がはなむけのように言うと、瀧姫は一礼して門を出て行った。

「行ってしまったか」と実資。

「行ってしまったな」

「道中は無事に行けるだろうか」

「道満が護ってくれるだろうさ」

……後日談。

瀧姫は仏縁に導かれて奥州・恵日寺で出家した。

法名は如蔵尼。

専心、地蔵菩薩を持し、やがて地蔵菩薩の生まれ変わりだと評判が立つほどに修行をし、地蔵尼と称えられるほどになる。

瀧姫を見送った実資は、晴明の邸の母屋に戻った。

不意にため息が出た。

「どうした」と晴明がいつもの柱に寄りかかる。

「ふたりだけになると、この母屋はこんなにも広かったのだなと思って」

六合が酒を出してくれた。

「天后とともに管弦でお慰めしましょうか」と美姫が尋ねる。

「いや。今日は空と雲を肴にのみましょう」

実資がそう言って断ると、晴明が笑いながら酒をついできた。

「雅だな」

「そんな日があってもいいだろ」

「そうだな」

日が西に沈んでいく頃には、風がだいぶ涼しくなってきた。

蜩が鳴いている。

杯を何度か重ね、実資は尋ねた。

「この国の神はどうなるのだろう」

「アマテラスのことか」

「ああ」

「祟り神としての本性は、疫病で国の半分を殺すほどのもの。今回のこと程度では、向こうからすればただの遊びだったかもしれないな」

「そうか」

瀧夜叉姫がばらまいた呪によって倒れた貴族たちも続々快復していた。道長も目を覚ましたという。

もし祟り神アマテラスが本気で呪をかけていれば、京の都は死の都になっていたかもしれなかった。

「和魂のときには天照大神として祀られ続けるのだろうよ」

磐長姫命についても同じだろう。

「これからもわれわれの神なのか」

実資は複雑な気持ちを持て余していた。

「ただ、歴史の向こうで何枚も身につけてきた面の裏側にある、醜い祟り神の顔を暴こうとする者が現れたときには、なりふり構わず恨みと呪いをまき散らすだろう」

実資は祟り神アマテラスの醜い顔を思い出していた。

「恐ろしいものだな」

「神とは祟るものだからな。だから聖徳太子は仏教を広めようとしたのだろうし、また聖徳太子の一族は皆殺しにされたのだろうけどな」

「おいおい」

晴明が言うとまるで冗談に聞こえない。

「ははは。御仏だけを頼るといいぞ」

そう言って晴明は杯を空けた。

「なあ、晴明」

と実資が酒をつぎ足してやる。

「うむ？」

「あの祟り神は、改心しないのだろうか」

瀧姫のように。

しかし、晴明は黙って何も答えなかった。

「――これは書けないな」

筆を持ったまま、実資は肩を揺らして苦笑し、諦めた。

月を見上げる。

白く輝く月を見ている。

たぶん、晴明も。

道満も。

瀧姫も。

内裏の帝や后、宿直の者たちも。

都に住む人も大宰府の役人も坂東の人々も。

そして婉子も。

みながばらばらの場所にいても、同じ月を見て同じように美しいと思う。

それは日記に記すようなことではないかもしれないけれども――。

「これも御仏の慈悲か」

口に出してみたら、涙がこみ上げてきた。

ああ、美しい――。

実資は静かに月に手を合わせる。

理由はわからない。

胸の奥から祈りの心が湧いてくるのだ。

いま月を見ているすべての人々が、それぞれに幸せでありますように、と。

涙は流れるに任せた。

……実資と婉子が結ばれるのは、この日からおよそ五年後、正暦(しょうりゃく)四年（九九三年）の秋のことである。

本書はハルキ文庫の書き下ろし作品です。

ハルキ文庫

え6-5

晴明の事件帖 将門の首と瀧夜叉姫

著者 遠藤 遼

2023年9月18日第一刷発行

発行者 角川春樹

発行所 株式会社角川春樹事務所
〒102-0074 東京都千代田区九段南2-1-30 イタリア文化会館

電話 03(3263)5247(編集)
03(3263)5881(営業)

印刷・製本 中央精版印刷株式会社

フォーマット・デザイン 芦澤泰偉
表紙イラストレーション 門坂 流

ISBN978-4-7584-4591-7 C0193 ©2023 Endo Ryo Printed in Japan
http://www.kadokawaharuki.co.jp/[営業]
fanmail@kadokawaharuki.co.jp[編集] ご意見・ご感想をお寄せください。